붉은 나무들의 추억

지은이 전기현

필명이다. 대구에서 태어나 KAIST 생명과학과를 졸업하고, 다시 서울대학교 약학대학에 입학하여 약학과를 졸업했다. 세상에서 가장 즐겁고 멋진 것은 인생을 바쳐 할 일이 있다는 것이며, 책이란 늘 곁에 있는 친구가 아니라 떨어져 있어도 결국 돌아오고 싶게끔 하는 그런 친구라고 생각한다. 저서로 《내일도 만날래?》(좋은땅출판사)가 있다.

붉은 나무들의 추억

ⓒ 전기현, 2022

초판 1쇄 발행 2022년 8월 3일

지은이   전기현
펴낸이   이기봉
편집   좋은땅 편집팀
펴낸곳   도서출판 좋은땅
주소   서울특별시 마포구 양화로12길 26 지월드빌딩 (서교동 395-7)
전화   02)374-8616~7
팩스   02)374-8614
이메일   gworldbook@naver.com
홈페이지   www.g-world.co.kr

ISBN   979-11-388-1151-4 (03810)

붉은 나무들의 추억

Memories of Red Trees

전기현 단편소설집

좋은땅

차례

붉은 나무들의 추억 ⋯ *007*

어떤 내기 ⋯ *041*

데 라스 코르테스 신부님의 수업 ⋯ *103*

사덕 ⋯ *117*

나그네를 위한 비 ⋯ *137*

〈어떤 내기〉 작품 해설 및 후기 ⋯ *169*

붉은 나무들의 추억

"이름과 주민번호 앞자리를 써 주시고 사인을 하신 다음, 아무 자리든 원하는 자리에 가서 앉으시면 됩니다."

"혹시 시간제한은 따로 없나요?"

"1층 입구에서 신분증 체크하셨죠?"

"네. 경비 아저씨한테 보여 드렸어요."

"그러면 이용하시는 데에 제한은 없습니다. 가끔씩 여기에 거주하시는 분이 아니고 다른 지역에서 오신 분들이 계신데, 그런 분들도 대여는 불가능하지만 열람이나 기기 사용은 얼마든지 가능합니다."

센터의 하루는 고요하게 시작해서 고요하게 마친다. 이 건물은 붉은색, 푸른색, 노란색, 여러 가지 단색의 타일로 외관이 꾸며져 있어 멀리서 보면 마치 무슨 유치원처럼 보인다.

그렇지만 아이들이 모여서 뛰어 노는 유치원과 달리, 이곳은 아침에 문을 열고 저녁에 문을 닫을 때까지 특별한 일이 없으면 언제나 조용하다. 가끔 멀리서 트랙터 소리 정도가 들려오곤 한다.

단행본을 정리하고 있으니, 문득 매들린 밀러의 소설《키르케》가 떠오른다. 키르케의 마법으로 돼지가 된 오디세우스.

인간이라는 사실을 아예 망각해 버리고 돼지로 살 수 없어서 가혹한 현실을 부정하는 오디세우스와, 돼지로 변해 버린 모습을 받아들이고 그것을 새로운 현실로 인정하는 오디세우스. 그 두 가지 모습을.

"전 주임. 점심 교대는 누구랑 하기로 했나?"

"2층에서 한 명 보내 준다고 해서, 1시까지 와 달라고 했습니다."

"그럼 내가 2층에서 지금 바로 한 명 올려 보내 줄 테니, 1층 사무실의 내 자리로 어서 같이 좀 가세."

"무슨 일이십니까?"

"컴퓨터가 계속 말썽이야. 저번에 자네가 봐주고 나서 한동안은 잘 돌아가더니, 오늘은 아예 시작조차 안 되네."

나는 전산직이 아니다. 하지만 이 센터에서 그나마 전선을 뺐다 꽂았다 하는 일을 할 수 있는 사람은 나밖에 없다.

섬마을 선생님이 전 과목을 가르치듯이, 나는 전산직도 되었다가 운전직도 되었다가 가끔은 기계직도 되곤 한다. 시설관리직은 거의 기본으로 겸직하는 것 같다.

"컴퓨터 하드에 문제가 있는 것 같은데요. 제가 갖고 있는 CD로는 부팅이 되는데, 하드로는 부팅이 안 됩니다."

"그럼 어쩌면 좋겠나?"

"컴퓨터를 아예 바꾸거나 하드만 따로 떼어 내서 군청으로 보내야죠. 저번에는 제가 임시로 손을 봤지만, 이건 제 수준에서 다룰 수 있는 정도가 아니라서 여기서는 못 고칩니다."

"이런. 잘못되면 컴퓨터 안에 있던 것들도 싹 다 날아가는 거야?"

"어차피 컴퓨터를 바꿔야 한다면, 우리가 쓰는 서식이랑 기본 프로그램들은 새 것으로 보내 줄 때 아마 군청에서 넣어 줄 겁니다."

"문서 작업한 것들은?"

"과장님, 혹시 오늘 오전에 문서 작업하신 내용이 있습니까?"

"아예 컴퓨터가 켜지지도 않았는데 작업을 어떻게 하나."

"지난번에 제가 백업해서 문서들을 따로 옮겨 둔 후로는요?"

"몇 번 더 했었지. 자네가 얘기한 대로 작업하고 나서는 항상 따로 저장해서 군청 메일함으로 보냈다네."

"잘 하셨습니다. 만약 하드가 날아갔다 치더라도 군청 메일함에는 백업본이 남아 있을 테니까 그걸 수기로 따든지 파일로 따오면 됩니다."

"고맙네, 전 주임. 군청에 연락은 내가 함세. 교대는 걱정하지 말고, 점심 식사 맛있게 하고 오게."

날씨는 맑은 듯이 흐리다. 아마도 미세먼지 탓일 것이다. 언제쯤 맑은 하늘을 다시 볼 수 있을까. 고개를 숙여 발밑을 보니, 땅강아지 몇 마리가 기어 다니는 것이 보인다. 더 이상 도시에서는 이 녀석들을 볼 수 없겠지.

별로 뭔가 먹고 싶다는 느낌은 들지 않지만, 지금 뭐라도 먹어 두지 않으면 나중에 후회할 것이다. 센터 건물 안에는 따로 매점이나 구내식당이 없기 때문이다.

"총각, 오늘은 일찍 왔구만. 뭘로 드릴까."

"두부찌개 하나 주세요."

"알았수. 그 누구냐. 얼굴 오른쪽에 크게 점 있는 사람 밑으로 달아 놓으면 되지?"

"네. 그런데 이름 없이 어떻게 달아두세요?"

"이름이 왜 없어. '문화센터 얼굴에 점 있는 사람'하고 그 밑에다 직원들 먹은 만큼 써 두면 되는데."

"그것도 괜찮은 방법이네요."

 식사를 하고 밖으로 나오니 야트막한 산에 송전탑이 보인다. 먼지가 약간은 걷힌 모양이다.

식당 옆 자그마한 슈퍼에서 캔 커피를 하나 사서 마시고 나니 그나마 정신이 조금 든다. 날씨가 덥긴 하지만, 바람이 솔솔 불어 고개를 몇 번 돌리니, 정신이 점점 더 또렷해진다.

동성식당이 장사가 잘 되는 만큼 점심시간은 더 시끄럽다. 나는 주위가 시끄러워지면 아예 정신이 멍해지는 편이다. 산에 우뚝 서 있는 송전탑을 보고 있노라니, 문득 군대에 있던 시절이 떠올랐다.

최전방의 초소가 일정 거리를 두고 서로 떨어져 있듯이, 저기 서 있는 송전탑도 그렇게 드문드문 떨어져 있다. 마치 서로가 서로를 바라보는 모습으로, 앞으로도 계속 저 산 위에 서 있을 것이다.

"뭐 하나, 전 주임?"

"아. 점심 교대를 조금 일찍 해서 지금 동성식당에서 식사하고 막 나오는 길입니다."

"혹시 군청 갈 일 없어?"

"없는데요."

"나 지금 탱크 몰고 들어가는데, 혹시 뭐 돌려받거나 아니면 뭐 뺏어 오고 싶은 거 없어?"

"없습니다아아."

"에이, 군청 안에 아가씨들 많은데, 내가 한 명 데려다줘?"

"성의만 받겠습니다."

"그 여자 이름이 성의인가?"

"황 기사님, 얼른 출발하세요. 탱크 안 그래도 덜덜거리는데 그거 중간에 서면 퇴근시간까지 못 돌아오십니다."

담배는 끊은 지 이미 꽤 오래되었다. 그렇지만 막상 금연을 한 뒤부터는, 식후에 뭔가 해야 할 것을 안 한 것 같은 느낌이 들곤 한다.

시간이 얼마나 흘렀는지 보려고 휴대폰을 꺼내 보니, 문자 메시지가 한 통 도착해 있다. [전화번호가 바뀌었습니다. 앞으로 연락은 이 번호로….] 그리고 휴대폰 맨 위에 시간이 언뜻 보인다. 오후 2시가 다 되어 간다.

"여기 서대에서 읽을 수 있게 된 잡지들은 신청도 가능한가요?"

"대개는 군청에서 목록을 지정해 줍니다만, 그 잡지 이름을 말씀해 주시면 제가 다음 달부터 목록에 넣도록 해 보겠습니다. 특별히 원하시는 잡지가 있나요?"

"《뚜르 드 몽드》라고. 아주 오래된 여행 잡지인데 예전에 재미있게 읽었던 기억이 나서요."

"가끔 드물게 도착해야 할 품목이 누락되는 일도 있습니다. 만약 그 잡지가 지정 목록에 없으면 추가해 놓겠습니다."

"고맙습니다."

가끔 드물게 직원 아닌 사람이 말을 걸어오는 경우가 있다. 아마 그런 경우를 위해서 내가 여기에 있는 거겠지. 존재의 이유. 그러나 내가 해결해줄 수 있는 일도 있고, 없는 일도 있다.

이곳에서는 그 상대가 직원이든 이용자든 사람과 사람이 직접 만나서 모든 대화가 이루어진다. 큰 도시에서, 컴퓨터나 어떤 기계 뒤에 가려진 채로 정체 모를 누군가와 틀에 박힌 언어를 주고받는 것이 아니라.

내 힘이 닿는 만큼 다른 사람들의 삶을 조금이라도 더 낫게 만들려고 노력하고, 그렇게만 할 수 있다면 이곳에서의 삶은 성공한 삶이리라.

…물화된 현대사회에서 인간 존재의 모습은 크게 두 가지로 갈린다.

먼저, 인간은 상품이 되었으면서도 인간이라는 것을 기억하는, 따라서 현실에서 소외당한 자신을 회복하려는 가혹한 노력을 경주해야 하는 존재이다. 자신이 인간이라는 점을 기억하고 있지 않다면 그에게 구원은 없을 것이므로, 인간 본질을 계속 기억하는 일은 그에게 구원의 첫째 조건이 된다.

키르케의 마법으로 원하지 않았던 변신의 계절을 살고 있지만, 자신의 본질이 인간이라는 기억을 유지할 수 있고 구원을 기다린다면 변신의 계절은 영원하지 않을 것이라는 희망을 가질 수 있다. 그는 저 너머의 세계, 구원과 희망의 순간을 기다린다.

반면 망각의 전략을 선택하는 자는 자신이 인간이었다는 기억 그 자체를 아예 포기하는 인간이다. 그는 굳이 구원을 위해 기억에 매달리지 않는다.

그는 그에게 발생한 변화를 받아들이고, 그것을 새로운 현실로 인정하며, 그 현실에 맞는 새로운 언어를 얻기 위해 망각의 정치학을 개발한다. 인간이 고유의 본질을 갖고 있다고 믿는 것 자체가 현실적인 변화를 포기하는 것 내지 방해하는 것이 된다.

키르케의 돼지가 되기로 마음먹은 자는 인간 본질을 붙들고 있는 한, 새로운 변화를 꾀할 수 없다. 키르케의 돼지는 자신이 인간이었다는 기억을 망각하고 포기할 때 새로운 존재로 탄생할 수 있겠지만, 바로 그 때문에 그는 현실이 가져다주는 비참함으로부터 어쩔 수 없이 눈을 돌리게 된다….

날씨는 더할 나위 없이 맑다. 새로운 오늘, 새로운 계절이 다가왔다.

물론 언젠가는 다른 곳으로 발령받을 날이 올지도 모른다. 아니, 반드시 올 것이다. 하지만 적어도 이곳에 있는 동안에는, 좋은 일을 하고 있다는 생각이 든다.

누군가에게 도움을 주는 일은 결코 시시한 일이 아니다. 큰 도시에 살고 그런 도시의 삶에 익숙해져 있는 사람들은 따분하게 느낄 수도 있다. 이렇게 지겹고 시시한 일 따위는 못 해 먹겠다고 투덜거리는 사람도 분명히 있을 것이다.

나는 그런 사람들을 비난하지 않는다. 우리가 같은 화살로 같은 과녁을 쏘아도 결과가 다르게 나오는 것은, 그 과녁을 향한 마음가짐이 사람마다 제각기 다르기 때문이다.

생각이란, 하다 보면 일정한 곳으로 흐른다. 그곳이 그 사람의 종착역일 수도 있고, 그 사람 인생의 마지막 환승역일 수도 있다.

"카스텔라 좀 먹을래, 전 주임?"

"네. 그런데 어디서 온 거예요?"

"청소 아주머니 따님이 지난주에 제빵사 자격증을 땄다네. 그래서 기념으로 돌리시는데, 직원들이 사흘 내내 먹어도 다 못 먹을 분량이야."

"여기서는 어차피 못 먹으니까 일단 탕비실에 놔두세요. 비품 목록 정리하고 바로 갈게요."

"아냐, 급할 거 하나도 없어. 그나저나 황 기사가 없어서 요즘 전 주임이 고생 많네. 3층에 누구 한 명이라도 보내야 될 텐데."

"뭐, 다치고 싶어서 다치는 사람 있겠어요. 괜히 새로 운전직이 발령나서 여기로 오게 되면 나중에 황 기사님도 복귀하기 난처하실 테고, 그러느니 차라리 제가 그동안에 잠시나마 맡아서 하는 편이 낫죠."

"군청 갈 때마다 3층이 비는데 괜찮겠어?"

"어쩌겠습니까. 군청이 별로 멀지도 않은데, 한 시간 정도만 2층에서 누가 올라와 주면 운전하는 거야 별것 아니에요."

"그 고물차 굴러가는 거 보면 참 신기해. 게다가 워낙 오래된 놈이니 자동변속 기어도 없는 스틱이라서, 전 주임이 아니면 그거 끌고 군청까지 왔다 갔다 할 수 있는 사람도 없지."

탱크는 그 차가 운행할 때마다 덜덜 떨린다고 붙여진 이름이다.

군청 자료실에 들러, 우리 센터로 보내질 책들과 신간 잡지들을 받아 온다. 맨 위에 《뚜르 드 몽드》가 보인다. 《붉은 나무들의 추억》과 같은 단행본들까지 함께 싣는다. 이곳에는 꽤나 자주 오는 만큼 한 번에 실어서 옮기는 양은 그다지 많지 않다.

혜정이가 고개를 끄덕이며 눈인사를 보낸다. 내가 센터로 발령받기 전에 잠시나마 함께 일했던 동기다. 다가와서 등을 살짝 때리며 안부를 묻지 않는 것은, 바로 옆에 붙어 있는 상사 때문이리라. 저 사람도 분명 본 적이 있고 굳이 떠올리라면 직위 정도는 생각이 나겠지만, 말을 섞을 생각이 나지는 않는다. 이럴 때는 그냥 입을 다물고 있는 편이 더 낫다.

"전 선생이시구먼. 날씨가 덥지는 않소?"

"조금 덥네요. 할머님께서는 여전히 편찮으세요?"

"안사람 아픈 지가 오래되얐는데 도통 차도가 없네. 서울
에 큰 병원을 가 보라지만, 우리 같은 사람이 뭘 알아야
제."

"제가 병원 예약 정도는 잡아드릴 수 있겠지만, 거동이 불
편하신 할머님 모시고 서울까지 다녀오는 길이 문제네요."

"다 내가 박복한 탓이지. 자식이라고는 딱 두 놈 있었는
데, 한 놈은 역병이 돌아 죽어 버리고 한 놈은 뭐가 그리
급한지 우리보다 먼저 가 버렸으니 말이오."

"에이. 그게 왜 할아버지 탓이에요. 행여라도 그런 생각 하시면 안 돼요. 군청에는 양수기 때문에 오셨나 봐요."

"아니여. 집에 사람이 아파서 하루 종일 누워 있는디 파밭 에 물 댈 생각이 나는가. 안사람 약 받으러 보건소에 갔더 니만, 군청에다 무슨 서류를 써 놓고 오면, 다음부터는 더 수월허다 합디다."

"센터에 남는 선풍기 하나 있으니까 주말에 갖다 드릴게 요. 전에 보니까 목 부러진 거 하나밖에 없던데 안방에는 새 걸로 틀어 두세요."

"전 선생한테는 어찌 늘 신세만 지는구랴."

"남는 선풍기 갖다 드리는 건데 괜히 신경 쓰지 마세요. 요즘 갑자기 더워져서 저같이 젊은 사람도 땀이 뻘뻘 나 는데, 집에 계신 할머님은 오죽 힘드시겠어요."

사곡리 김 영감님은 젊었을 때에 크게 농사를 하시다가, 나이가 드신 이후로는 작은 텃밭에 파와 호박 정도를 키우면서 소일을 하고 계신다.

여느 집처럼 자식들 모두 큰 도시로 가고 나서 발길을 끊었나 싶었는데. 나중에 알고 보니 태어난 두 아들 중에 한 명은 티푸스인지 뭔지 아무튼 전염병이 돌아 아주 어린 나이에 사망했고, 장성한 나머지 한 아들은 큰 회사를 다니다가 친구라 믿었던 누군가에게 사기를 당해 유서 한 장 남기고 건물 옥상에서 뛰어내렸다고 한다.

센터에 남는 선풍기 따위는 없다. 있다 해도, 그런 비품들은 서류 쓰고 군청에 반납해야 한다. 나 혼자 함부로 할 수 있는 일이 아니다.

목 부러진 선풍기를 본 그날에 바로 전파사를 찾아갔다. 여기 전파사에서는 수리뿐만 아니라 판매까지 겸한다. 그때 하나를 사 둔 것이다.

우리가 아픈 사람들을 보지 못한다면, 그것은 아픈 사람들이 주위에 없어서가 아니라 그들이 김 영감님네 할머니처럼 누구도 보지 못하고 보고 싶어 하지도 않는 방 한 구석에서 신음하고 있기 때문이다.

고통은 혐오감을 동반하는 까닭에, 우리도 모르게 고통스러워하는 사람의 얼굴을 마주하기 싫어 피해 버린다. 고개를 돌려 버린다. 그렇게 아무리 직시하지 않으려 해도, 고통은 언제나 그곳에 그대로 존재한다.

하지만 비록 이 세상이 고통으로 가득하다 할지라도, 우리에게는 그것을 극복하는 힘 또한 가득하다. 우리가 온 힘을 다할 때, 우리의 삶에, 또는 타인의 삶에, 어떤 기적이 일어날지는 아무도 모르는 일이다.

"여기 자판기에 커피는 딱 두 가지 맛밖에 없어요. 약간 쓴 거. 그나마 조금 덜 쓴 거."

"조금 덜 쓴 거. 그런데 진짜 자리 비우셔도 괜찮아요?"

"자판기 커피 한 잔 마시는 정도라면."

"괜히 그 여행 잡지 때문에 신경 쓰이게 해서 죄송한데, 근무지까지 비우게 만드는 것 같아서 그래요."

"음, 군이 그렇게 생각할 필요 없어요. 그리고 자판기 커피라도 마시고 있어야 얘기하는데 덜 어색하니까. 이 건물 안에는 사람 둘이 대화하기에 이만한 장소가 없어요. 아마 미술을 좋아하시나 봐요."

"어떻게 아셨어요?"

"《월간 미술》은 한동안 아무도 보는 사람이 없어서 그냥 정기간행물 목록에서 빼려고 했는데, 어느 날 누군가 그 잡지를 유심히 보고 있더라구요."

"섬세한 성격이시네요. 특별히 좋아하는 작품이 있으신 가요?"

"굳이 하나를 꼽으라면 〈붉은 나무들의 추억〉이란 작품을 좋아해요. 그냥 보고 있으면 옛날 생각이 나거든요."

"저는 〈어떤 내기〉를 좋아해요. 뭔가 역동적이랄까 알 수 없는 힘이 느껴지는데, 마치 프란시스코 고야의 〈결투〉를 연상시켜요."

"프란시스코 고야의 작품은 판화집으로 많이 알려졌는데, 〈결투〉도 판화인가요?"

"아뇨. 벽화에요. '귀머거리의 집'에서 늙은 고야가 그렸던 검은 그림 연작 중의 하나거든요."

"예전에 그 사람이 그린 〈제 자식을 잡아먹는 사투르누스〉를 보고 한동안 충격에서 벗어나지 못했던 기억이 나네요."

"아, 그 작품도 마찬가지로 '귀머거리의 집'에 그려진 벽화인데. 혹시 미술이나 미술사를 전공하신 건 아니에요?"

"전혀요. 다만 그 미친 화가의 작품들 중에 몇 점은, 한 번 보면 일생동안 결코 잊혀지지 않을 정도로 섬뜩해서요."

"맞아요. 인간 내면에 숨어 있는 본연의 어두움이랄까, 그런 느낌을 표현하는 데는 고야만 한 작가가 없는 것 같아요."

"괜찮으시면 언제 '예촌'에서 식사라도 한번 같이 하고 싶은데."

"좋아요. 내일이 토요일이니 점심을 같이 먹어요. 여기서 만날까요?"

 우리 모두에게는 누군가가 필요하다. 우리가 이미 알고 있는 것을 실천하도록 동기를 부여해 줄 사람이 필요하다. 로맹 가리가 말했듯이, 사람은 사랑 없이는 살 수 없다. 누군가가 보고 싶고 누군가 함께 있고 싶다면, 그만한 감정을 쏟을 만한 가치가 있는 것이다. 사랑해야 한다.

어떤
내기

"내기를 하자." 하비가 그에게 말했다. 새벽안개가 자욱하게 드리운 로차포카 국도에서, 두 사람은 낡은 크라이슬러 픽업트럭을 타고 동쪽으로 가는 중이었다.

"뭘 걸고?" 그가 아는 하비는 지독하게 쓴 보드카와 불법 파업(함께라면 더욱)을 세상에서 가장 좋아하는 놈이다. 지금 생각해 보면 하비와의 내기는 아주 어린 시절, 아주 작은 것에서부터 시작된 것 같다.

"사탕 한 뭉텅이 정도면 어떨까."

하비가 말하는 사탕은 물론 코카인이나 그와 비슷한 마약이다. 그런데 그가 말하는 한 뭉텅이가 어느 정도를 말하는지는 알 수 없다.

"어, 난 지금 무일푼인 데다가 사탕도 없는데."

"나중에 갚으면 되지. 어차피 조만간 너도 받으러 가야 되지 않냐?" 하비가 픽업 전조등을 약간 올리며 말했다. 사실 하비는 굳이 그의 허락 따위를 기다릴 필요도 없었을 것이다. 그러는 사이에, 차는 계속 동쪽으로 향하고 있었다.

아주 옛날, 그가 어릴 적 앨라배마 강이 내려다보이는 언덕에서 할배로부터 들은 이야기가 떠올랐다. 할배는 제지 공장에 다니는 일개 잡역부였지만, 젊었을 적에는 웨스트 샐몬트에서 앨라배마 강의 하류까지 헤엄을 쳐 갔다는 소문이 있을 정도로 힘이 장사였다.

어린 소년이던 그에게, 할배는 항상 "낯선 사람한테서 함부로 캔디를 받지 말라"고 말씀하시곤 했다.

"뭐, 그러지. 지난주에 85번 고속도로에서 했던 그걸로 다시 한번 할까? 어때?"

"아니. 이제 그런 건 재미없어졌어. 뭔가 다른 내기를 하자."

하비의 입에서 심한 알콜 냄새가 풍겨 왔다. 하비 녀석은 거의 언제나 취해 있다. 그를 취하게 하는 것이 알콜이든 사탕이든.

'강물이 말라 버리고. 바위가 햇살에 녹아 버리는. 그날이 오기까지, 나는 언제나~ ♪♪~ 치직~ 치지지직~'

"젠장, 또 이러네. 공장에 있는 다른 트럭을 타야겠다. 지금 작업장에 있는 애들 아무한테나 빨리 무전을 쳐 봐."

오크힐에 있는 정비공장에서 하비는 다른 (라디오가 잘 나오는) 멀쩡한 트럭으로 갈아탔다. 원래 하비의 트럭에 실려 있던 사탕 뭉텅이와 여러 가지 하비의 물건들도 그 멀쩡한 트럭으로 옮겨 놓는 일도 끝내고 나서 하늘을 쳐다보니 안개는 여전히 자욱했다.

금방이라도 비가 내릴 것 같았다. 하지만 비가 내릴까 어떻게 될까 그런 걱정들이란 어리석은 짓이다. 우리가 찾아 헤매는 것은 어쩌면 멀지 않은 곳에 있을지 모른다. 하비가 갈아탄 트럭과 그의 트럭은 서로 붙어서 앞서거니 뒤서거니 하면서 계속 동쪽으로 움직였다.

CB로 무전을 치자, 잡음 속에서 하비가 여전히 취해 있는 목소리로 대답을 한다. 이미 공장에서 트럭을 갈아타면서부터, 하비와는 웨스트버리 호수에서 만나자고 약속을 해 둔 터였다.

"그래서 이번에는 무슨 내기를 할 건데? 지난번에 그 뺑소니도 엄청나게 위험했다고. 아무리 순찰이 거의 없는 도로라지만."

"야. 내기라는 건 위험하니까 하는 거잖아. 너 바보냐." 하비는 아예 코웃음조차 치지 않았다.

하비 녀석은 이미 불법침입 및 건축물방화 혐의로 경찰에 수배 중이다. 그러나 하비는 그 어떠한 공권력이나 현상 포스터보다 불법적인 테러와 강한 알코올을 더 신뢰했다. 이제 두어 시간이면 두 트럭 모두 애틀랜타 시내로 들어설 정도로 주(州) 경계선에 가까워졌다.

무전으로 하비가 제안한 내기는 의외로 간단한 것이었다. 웨스트버리 호수에서 아무나 한 여자를 타겟으로 삼아서, 어느 쪽이 더 빨리 여자를 픽업에 태우고 블루릿지 오두막에 도착하는지가 내기의 승부였다.

그가 하비에게 말했다. "오두막에 도착해서는 어떻게 할 셈인데?"

하비는 어깨를 으쓱하고 지나갔다. 별로 질문다운 질문 이라고 느끼지 못한 것 같다.

웨스트버리 호수에는 하들리 크릭을 비롯한 갖가지 휴양 시설들이 있어서, 85번 고속도로와는 전혀 사정이 다르 다. 자칫하면 바로 주(州) 경찰에 붙들려서 엄청나게 긴 징역을 살지도 모른다. 물론 그렇다고 해서, 하비와의 내 기에서 지고 싶은 생각은 없었다.

"넌 누구로 할래?" 아직 해가 완전히 뜨지도 않아, 안개가 짙은 호수의 가시거리는 꽤나 짧게 느껴졌다. 하비 녀석 이 앞으로 열댓 발자국만 더 걸어 나가도 잘 보이지 않을 정도로 안개는 꽤나 짙게 드리워 있다.

"저기 저 젖탱이로 하지." 하비가 점찍은 젖탱이를 보려고 조금 더 호수 쪽으로 다가가자, 안경을 쓰고 하얀 슬립을 입은 여자가 휴대폰을 만지작거리고 있었다. 그 옆에도 일행인 듯 보이는 여자들이 있었다.

"젖탱이 옆에도 몇 명 있는데?"

"그럼 넌 네가 꼴리는 다른 년을 골라서 하든지." 하비가 먼저 픽업트럭에서 내렸다.

5분 정도 흘렀을까. '여름은 다 지나고, 낙엽이 지고 있어 ~ 당신이 있는 고향으로~ ♬♬' 저 멀리서 하비가 뭔가를 어깨에 메고 이리로 다가오고 있다. 텐트에 무슨 번데기처럼 말려 있는 것이 그 젖탱이일 것이다.

"야. 라푸. 거기 내 차 운전석에서 뭐하냐?" 잠시 후 뒷좌석에 텐트를 집어넣는 하비의 모습이 사이드미러로 보인다. 뒤에서 차문이 닫히는 소리를 듣자마자, 그는 바로 엑셀레이터를 밟았다.

내기에도 이겼고, 전리품도 두둑하게 챙겼다. 하비에게 내기로 이긴 적은 몇 번 없었기 때문에 의외로 엄청난 쾌감이 느껴진다. 문득 할배가 어릴 적 그에게 해 주었던 말이 떠올랐지만, 할배는 낯선 사람한테 캔디를 주지 말라는 얘기까지는 하지 않으셨다. 이제 픽업트럭은 다시금 서쪽으로 향하고 있었다.

(그 이틀 전)

매일 오후 5시가 되면 그는 낡은 셰볼레 순찰차를 몰고 147번 지방 도로를 남북으로 두어 차례 돌아본다. 그리고 해가 뉘엿뉘엿 저물 때쯤이면 조금 더 후미진 곳까지 훑어보기 위해, 우드랜드 교차로를 타고 한 번 더 구석구석 순찰을 돈다. 그리고 오후 8시가 되면 다시 카운티 서로 돌아온다. 몇 달 정도 매일같이 이렇게 똑같은 패턴을 반복하다 보면 좋은 점도 있다.

첫째, 순찰을 도는 동안에는 서장의 잔소리를 들을 일이 없고, 둘째, 147번 지방도로에서 멀리 떨어지지 않은 병원에 입원해 계신 아버지의 상태를 보러 가기 쉬워진다. 그 병원 앞길은 좁은 데다가 항상 교통체증으로 막히기 때문에, 아예 우드랜드 교차로 앞쪽 샛길에서 가로질러 들어간다. 근처에는 친구 행크가 운영하는 크래커 배럴이 있어서 저녁 한 끼를 때우기도 수월하다.

"행크, 여기 시원한 걸로 한 잔 주게."

사람 좋은 주인장인 행크는 이내 시원한 스프라이트 두 병을 가지고 온다. 그가 앉아 있는 바로 건너편 테이블을 보니, 오펠리카 고등학교에 다니는 것처럼 보이는 몇 명의 놈팽이들이 바카디를 마시고 있다. 젠장. 미성년자 음주 단속은 내 업무가 아닌데.

"아직 그 월모어 공원 시체의 신원은 못 알아낸겨?"

고개를 돌려보니 이미 행크는 마시고 있는 중이었다. 어쩐지 두 병을 가지고 오더라니. 행크는 좋은 대화상대다. 손수건으로 코를 한번 풀고, 유리병을 잡았다. 싸늘한 기운이 느껴졌다.

"응. 아직."

"사람이 완전 너덜너덜해진 시체로 윌모어 공원에 나자 빠질 동안에, 카운티 경찰서의 랜달 마이어 경사님께서는 뭘 하시고 계셨당가?"

하마터면 그는 행크에게, 그 시체는 윌모어 공원에서 살해당한 것이 아니라 85번 고속도로에서 뺑소니를 당한 뒤에 공원 배수구에 버려진 것이며, 85번 고속도로의 야간 순찰은 원래 주(州) 경찰들 담당이니 카운티 경찰서에 소속된 자신이 알 바 못 된다고 말할 뻔 했다.

그러나 그는 단지 "우리야 항상 우리가 하던 일을 하는 게지." 라고 에둘러 얘기했을 뿐이다.

"랜디. 저어기 저 놈들 보이지?"

"응, 그렇잖아도 학생들처럼 보이는데, 설마 저 바카디를 자네가 팔았나. 그럼 우리 둘 다 골치 아파져."

"아녀. 쟤들이 밖에서 가져온 거여. 우리 집은 어디까지나 건전한 시골 식당이니께. 게다가 저 건달처럼 보이는 장발족들은 오펠리카 고등학생 애들이 아닌 것 같어."

"자네가 그걸 어떻게 아나? 들어오는 녀석들을 한 명, 한 명, 신분증 검사라도 했다는 건가?"

"그런 게 아녀. 주문을 받으면서 몇 마디 들었는디, 아예 여기 사투리가 아니더라고. 잘은 몰라도 아마 북쪽에서 온 놈들 같더라. 밖에는 저 친구들이 타고 온 차도 있으니 나가서 한 번 보더라고."

오늘따라 행크네 식당 앞에, 이 근방에서 잘 못 보던 종류의 세단이 주차되어 있었던 듯하다. 근처에는 크래커배럴, 버거킹, 그리고 이름 모를 와플 가게들이 지방도로를 따라 마치 줄을 서서 손님을 기다리는 모양으로 들어서 있다.

갑자기 후끈하게 더운 느낌과 동시에 땀이 나는 것을 느낀 그는 행크에게 "잠시만 기다리게."라고 말하면서 가게 뒷문으로 나갔다. 뒷문 쪽에 공중전화기가 있기 때문이다.

"나야, 뭐 좀 알아낸 거 있나?"

"별로 없는디. 뭣 허러 자꾸 전화질이냐. 나 사탕 장사 접은 지 오래다."

"코카인이 아니야. 월모어 공원 배수로에 버려져 있던 여자 시체. 너네 패거리 중에 사탕이나 술 처먹고 운전하는 놈들 좀 알아보랬잖아."

"아, 그것도 나가 어찌 일일이 알겄냐. 이 동네에 사탕 처먹는 놈들이 어디 한두 놈이여. 나 끊는다이."

창가에서 커튼을 열고 밖을 바라보다가 전화를 끊고 나서야 커튼을 닫는다. 다행히 짭새는 한 마리도 안 보이는구만. 계집은 이미 전화벨이 울릴 때부터 흠씬 두들겨 패서 지금도 축 늘어져 있고, 오른쪽 발목에 달린 족쇄는 튼튼하게 벽과 연결되어 있다. 사람은 금속과 싸워서 결코 이길 수 없는 법이여. 즉 너는 여기서 불길이 훨훨 타올라도 이곳을 빠져나갈 수 없다 그 말이지.

느적느적 소방차가 도착하는 동안에 네 몸뚱이는 이미 가루가 되어 있을 것이다 이년아. 멘데즈가 액체가 가득 담긴 통을 들고 뚜껑을 열면서 혼잣말을 중얼거렸다.

(다시 그날 오후)

 갑자기 폭풍우가 거세게 몰아치기 시작하자, 그는 카운티 묘지 쪽으로 들어서지 않고 양계장 쪽으로 향했다. 하비가 지금쯤 어디까지 쫓아왔는지 아니면 벌써 블루릿지 오두막에 도착했는지 궁금하긴 했지만, 픽업트럭 뒤칸에 실려 있는 화물들을 보면 이미 승부는 끝났다고 봐도 되지 않을까?

'내 짐을 벗지 못하는 한, 이 비는 그치지 않을 거야~ ♪ ♪'

 작년 여름에도 하비는 길을 잘못 든 외지인이 녀석의 거미줄에 걸리길 기다리며 근처에서 그와 포커를 치면서 시간을 보내곤 했다. 벌목장이 됐든 무슨 공장이 됐든, 앨라배마 도처에 하비의 노조 친구들이 깔려 있었다.

하비는 일하는 것을 싫어하지만, 친구들이 일하는 것까지 싫어하지는 않았다. 아마 그들이 하비의 몫까지 일해주기 때문일 것이다. 주급 날이 되면, 하비는 마치 대부업체에서 수금하는 사람처럼 작업장들을 누비고 다녔다.

몇 달 전, 시(市) 외곽에 있는 한 창고형 마트의 주인이 바뀐 적이 있었다. 새 주인은 천하의 하비에르 타르데스 님을 몰라보고 감히 그와 그의 똘마니들이 요구하는 상납을 일언지하에 거부했는데, 바로 그 다음날 새벽, 마트는 건물 전체가 화염에 휩싸인 채로 발견되었다.

어찌나 강한 인화물을 썼던지, 그날 출근길에 차를 몰고 도로를 주행하던 운전자들이 마틴 루터 킹 하이웨이에서도 엄청난 불길을 볼 수 있었다고 한다.

"라푸, 웬일이여? 어째 하비는 안 보이네?"

"폭풍우가 쉽사리 그칠 것 같지 않아서, 너네 양계장 뒤뜰에 차 좀 세우고 있다가 비가 좀 그치면 가려고."

그의 이름은 토니였지만, 친구들은 아무도 그를 토니라고 부르지 않는다. 하비의 픽업트럭 뒤칸을 보니, 하비가 거래하는 사탕 뭉텅이 외에도 포장용 테이프와 커다란 생수 몇 병, 무게가 엄청나 보이는 덤벨을 포함한 여러 가지 잡동사니가 눈에 띈다. 카운티 묘지 근처에 있는 이 양계장은 오랜 친구인 길버트가 운영하는 곳이어서 자주 들른 적이 있다.

"닭들 때문에 꽤나 시끄러울 것인디. 차라리 뉴먼 씨네 정육점 뒤편에 있는 공터가 낫지 않겠냐? 거긴 가림막도 있고 허니."

"괜찮아. 큰 비만 그치면 바로 운전해서 갈 테니까. 정 닭들이 시끄러우면 차를 빼서 공터 쪽으로 갈께."

"하비 녀석헌티 안부 전해주라. 난 이만 가 봐야 쓰겄다."

픽업트럭을 양계장 뒤뜰에 대겠다는 얘기는 새빨간 거짓말이었다. 양계장 뒤뜰에서 비포장도로를 타고 3km 정도만 더 가면 조그마한 저수지가 나온다. 자칫 일이 생기면, 덤벨을 무게추로 삼아서 년을 그냥 저수지 바닥에 가라앉혀 버릴 심산이었다.

텐트를 묶고 있던 밧줄을 몇 번이나 잘라내서 껍데기를 벗기니, 과연 사람 모습을 한 뭔가가 나온다. 오물 냄새가 워낙 심해서 구토가 나올 것 같았지만, 꾹 참고 계속 칼로 텐트와 밧줄을 잘라 나갔다.

어찌 됐든 오물로 범벅이 된 텐트 껍데기를 저수지에 몽땅 버리고 다시 픽업 뒤칸으로 오니, 여자가 차츰 의식을 찾고 있었다.

우습게도 여자의 얼굴과 하비가 전문적으로 파는 진한 사탕에 취한 놈들의 얼굴이 겹쳐 보였다. 그쪽이나 이쪽이나, 반쯤은 정신이 다른 행성으로 가 있는 것처럼 보이는 것은 똑같으니까. 뺨을 몇 차례 후려갈기니, 조금은 더 이 행성의 사람처럼 보인다.

"목 마르지 않으쇼?"

무슨 소리인지 아직 못 알아듣는다면 따귀를 한 대 더 갈기려고 했는데, 뭔가 소리가 입에서 새어 나온다. 그가 생수병을 따서 여자의 얼굴에 한참을 끼얹어주니 또 다른 소리가 새어 나온다.

"목 안 마르냐 이 말이오."

뭔가를 찾는 듯했다. 그제서야 여자의 눈빛에 초점이 맞지 않는 이유를 알 것 같았다. 음, 일이 조금은 수월해지는군. 헌데 여자들은 보통 안경보다 렌즈를 끼지 않나.

"안경은 여기 없소, 목 안 마르면 입술 꽉 깨무쇼. 테이프로 몇 번 감아야 되거든."

"어, 안 돼요. 아니. 그러니까. 목이 말라요."

"주둥이를 약간 벌리고 이리로 고개를 돌려요. 잘 안 보이겠지만, 어쨌든 차 안에 물을 질질 흘리면 곤란해."

여자는 어마어마한 속도를 물을 빨아들였다. 여전히 눈의 초점은 흐릿하고 아까 버린 텐트 껍데기에서 나던 오물 냄새가 진동한다. 이거야 원 냄새가 빠지고 뭐라도 해야지, 상태가 이래서는 아랫도리가 서지도 않겠는데….

"나머지 애들은 어디 있나요?"

그러고 보니 웨스트버리 호수에서 하비가 이 여자를 낚아챘을 때 주위에 동행들이 있었다. 나머지도 하비가 해치웠을까? 아니, 그것보다 궁금한 것이 생겼다. 뭐랄까, 그의 심경에 약간의 변화가 온다.

"다른 일행은 어디 갔는지 몰라. 그보다 댁들은 어디서 왔소? 말하는 억양을 들어보면 여기 사람은 아닌 것 같은데."

"피츠버그에서 왔어요. 우리는 원래 테네시로 운전해서 갈 예정이었는데 신시아가 밤에 길을 잘못 들었는지 테네시 쪽이 아니라 애틀랜타 쪽으로 와 버렸어요."

"테네시라니. 엘비스 박물관이라도 갈려고?

"신시아와 저는 델타 블루스를 좋아해서, 휴가기간 동안 그레이스랜드를 가 보자고 했고 애니도 함께 가게 되었어요."

"잠깐. 혹시 '여름은 다 지나고, 낙엽이 지고 있어~ 당신이 있는 고향으로~ ♬♬'라는 노래 들어본 적 있소?"

"아니요. 엘비스 노래인가요?"

"그럴 리가 있나. 어쨌든 당분간 우리는 아무 데도 갈 수 없소. 적어도 이 폭풍우가 잠시라도 멈출 때까지는."

(비슷한 시각)

서장은 확실히 화가 나 있는 것 같다. 아니, 서장은 거의 늘 화가 나 있으니까 '아주 많이' 화가 난 모양이다.

제프가 이것저것 서류 더미를 들춰 보면서, 책상 위에 무슨 사진들을 줄줄이 늘어놓고 있다. 뭔가 설명을 하는 중인 모양이다. 녀석도 뭔가 하는 것처럼 보여야 닦달을 덜 당할 테니까.

설마하니 서장 놈과 제프는 지금껏 내가 순찰 다녀오기만을 기다리고 있던 건 아니겠지, 하고 그는 속으로 생각했다.

"마이어. 자넨 대체 뭘 하다가 지금 들어오나?"

"순찰 다녀왔습니다."

"자네, 목소리가 왜 그래?"

"코감기가 걸려서요. 며칠 전부터 계속 이렇습니다."

"이 여름에 감기라니. 버넷! 그 사진들 내려놓고 당장 이리 와."

제프가 단숨에 달려온다. 따지고 보면 불쌍한 놈이다. 경찰학교를 마치고 순경을 달자마자 바로 배속된 데가 여기라니.

제프한테는 시립 학교 초등학생이나 유치원생들에게 주(州) 경찰들이 하는 일들을 친절하게 설명해 주는 정도가 적격이다. 하지만 불행히도 제프 녀석은 이 빌어먹을 카운티 경찰서로 발령이 났다. 젠장, 이놈의 코감기 때문에 숨도 제대로 못 쉬겠군.

"버넷. 마이어. 자네들은 대체 뭘 하고 있나. 지난 주말에는 뺑소니 당한 시체가 윌모어 공원에서 발견이 되더니, 이틀 전에는 멀쩡한 창고에 불이 나서 동네 주민들이 식겁을 했지. 그리고 오늘 아침엔 하들리 크릭 휴양지에서 여자 둘이 납치됐다는 신고가 접수됐고, 일행 중 목격자가 말하기를 납치에 가담한 픽업트럭들이 우리 관할지역 쪽으로 향하고 있다고 진술했다는군. 사건이 이렇게 줄줄이 터지는데 자네들은 도대체 무엇 하나 알아낸 게 없다는 얘긴가?"

"그 뺑소니 당한 시체의 신원조회 결과는 아직까지 도착하지 않았습니다. 저도 매일같이 주(州) 경찰 강력반에 조회된 결과를 물어보고 있습니다만 늘 반응이 시큰둥하더군요. 창고에서 난 불은 방화가 분명한데, 워낙 순간적으로 강력하게 붙은 데다가 소방차가 도착했을 즈음에 창고 내부는 거의 전소해 버려서, 무너지지 않게 정리하는 데만 며칠이 더 걸릴 거라고 합니다."

"하들리 크릭 사건은?"

"이 지역 지리를 잘 아는 놈 같습니다. 웨스트버리 호수에
서 곧장 동쪽으로 가서 애틀랜타 같은 대도시로 향한 것
이 아니라, 굳이 좁은 지방도로를 타고 서쪽으로 도망간
걸 보면."

"마이어, 자네는 그놈의 감기가 나을 때까지 그냥 집에 있
게. 어차피 하들리 크릭 사건은 우리 카운티 경찰서로 정
식 배정받은 사건이 아닌 데다가 아직 용의자조차 특정되
지 않았으니. 일단 신시아라는 그 목격자의 진술을 토대
로 혹시나 픽업트럭 차량번호라도 식별할 수 있게 되면,
관내에 우리가 알고 있는 트럭 번호판들을 전부 조회해서
대조해 보자고. 내친김에 인상착의나 체격 같은 것도 그
목격자란 여자가 조금은 설명해 줄 수 있으면 좋겠는데."

"마이어 경사님이 순찰 돌던 구간은 그럼 당분간 제가 돌게 됩니까?"

"자넨 주(州) 경찰 놈들이 시체의 신원을 파악해서, 우리한테 연락을 줄 때까지 사무실에 붙어 있게. 내가 직접 호블란한테 야간순찰을 돌라고 이야기해 두지. 순찰 도는 참에 85번 고속도로까지 제대로 순찰하라고 말이야."

"85번 고속도로는 주(州) 경찰들이 돌 텐데요?"

"그 작자들이 여기까지 샅샅이 둘러보지 않는다는 건 동네 멍청이들도 아는 사실이네. 65번 고속도로가 놈들한테 더 중요하니까 항상 거기만 돌고 있다고. 호블란이 돌아왔을 때, 내가 자리에 없으면 바로 무전을 치게. 알았나, 버넷?"

"네, 알겠습니다. 그나저나 오늘은 어쩐지 하루 종일 비가 많이 내릴 모양이네요."

(얼마 후)

"저 왔어요, 아빠."

"코감기는 조금 나은 게냐?"

"거의 다 나았어요. 매일같이 병실로 회진하러 오던 그 의사는 오늘 벌써 다녀갔나요?"

"그래. 심슨 선생님은 곧 퇴원할 수 있을 거라고 하시더라."

거짓말이다. 닥터 심슨이든 아버지든 어느 쪽이든 거짓말을 하고 있다. 세상에는 하얀 거짓말이 있다고 주장하는 사람들이 많다. 그는 가끔 하얀 색깔이 아닌, 다른 색깔의 거짓말은 어떤 것일까 생각해 본다.

"자주 못 찾아와서 미안해요."

"아니야. 얼마 전에 토니가 다녀왔었다. 안부를 묻길래, 랜디는 잘 지내고 있다고 말해 줬지."

"토니가 여기를 왔었다구요?"

"응, 며칠인지는 기억도 잘 나지 않는구나. 요즘은 계속 병원에 있다 보니 오늘이 무슨 요일인지도 잘 모르겠어…. 자기는 잘 있으니까 네가 오면 걱정하지 말라고 전해 달라더라. 그리고 어딘가에서 애니를 봤다고 했나, 찾았다고 했나, 그런 얘기를 했었더랬지."

"아빠, 그년은 엄마가 토니 학비로 모아 놓은 돈이랑 집에 있던 값나가는 물건은 깡그리 다 싸들고 북쪽으로 튄 년이에요. 토니가 학교는커녕 정비공장도 제대로 안 나가고 지금 저 모양 저 꼴로 마약이나 팔면서 돌아다니게 된 것도 전부 그년 때문이란 걸 아직도 모르세요?"

"여동생한테 그렇게 말하면 못 쓴다. 토니도 항상 누나는 돌아올 거라고 말하지 않았냐. 애니는 하나밖에 없는 내 딸이고, 분명 다시 집으로 돌아올 거라고 나는 믿는다. 그리고 너도 그 애를 너무 미워하지 않았으면 좋겠구나, 랜디."

병문안을 마친 다음에는, 타코 벨이나 크래커 배럴에서 저녁을 먹으려고 했는데 입맛이 싹 달아났다. 무엇보다 동생이 애니를 찾고 있다는 (어쩌면 이미 찾았을 수도 있다는) 사실이 영 마음에 걸렸으며, 그보다 더 마음에 걸리는 것은 제프 녀석이 서류로 전해 받은 목격자 진술 내용에 있었다.

목격자의 동행은 2명이었는데 이름은 각각 '애니'와 '글로리아'라고 쓰여 있었다. 매우 흔한 이름이지만, 토니가 설마 자기 친누나를 웨스트버리 호수에서 어떻게 하지는 않았겠지. 생각을 해야 된다. 일단은 전화부터 걸어 보자.

"오펠리카 자동차 정비소입니다~~" 꽤나 젊은 여자 목소리였다.

"하비에르 타르데스라는 사람, 혹시 거기에 지금 있습니까?"

"저희 회사 직원이지만 타르데스 씨는 거의 출근을 안 하세요~ 앗!"

"하비 녀석은 왜 찾소? 또 파업을 시작하려나 본데 뜨거운 맛을 봐야 정신 차리겠소?" 이번에는 굵은 남자 목소리였다.

"전 노조가 아니라 경찰입니다. 어번 카운티 서에서 근무하는 랜들 마이어 경사라고 합니다."

"아, 경찰이시군. 하비 녀석은 오히려 이쪽에서 더 찾고 싶소. 놈이 히스패닉을 고용하는 작업장이란 작업장은 다 쑤시고 다니는 판에, 안 그래도 사람 구하기 어려운 이 빌어먹을 시골 회사 사장들이 하비에르 타르데스라는 이름만 들어도 자다가 벌떡 일어날 판이라니까. 도대체 경찰들은 뭘 하고 있소?"

"저희는 그저 저희가 해야 되는 일들을 하고 있습니다. 이미 여러 가지 혐의들로 지명 수배가 떨어져 있으니, 조만간 잡히겠지요. 앨라배마 주(州) 경계를 넘어가지 않았다면 말입니다."

그러자 전화기 너머 삐~~ 소리가 들렸다. 어차피 정비소 사장도 하고 싶은 말을 다 했고, 그도 하고 싶은 말을 다 했으니, 피차간에 인사 같은 건 필요 없었을 것이다.

다만 하비 녀석을 찾지 못하면, 토니도 찾을 수 없다. 어릴 적 앨라배마 강에 놀러 갈 때마다 할배는 그와 토니에게 늘 '낯선 사람한테서 함부로 캔디를 받지 말라'고 말씀하셨다.

이제 토니는 캔디를 받거나 주는 정도가 아니라, 거의 직업적으로 팔고 있다. 물론 할아버지께서 말씀하신 그 캔디가 아니지만 어쨌든.

(다시 그날 해가 질 무렵)

"애니 마이어는 언제부터 알고 지냈소?"

"그러니까 대략 작년 가을쯤. 피츠버그에 블루스 음악을 연주하는 클럽이 몇 군데 있는데 아마 거기서 만났을 거예요."

"여기 이 면허증에 쓰여 있는 글로리아 월터스. 이게 당신 이름인가?"

"네. 누구 혼자서 오랜 시간 운전하면 피곤하고, 그러면 사고가 날지도 모르니까 우리들이 교대로 차를 몰면서 내려왔어요. 그러다가 신시아가 운전대를 잡았는데 길을 잘못 들었나 봐요."

여자가 어느 정도 정신을 차린 후, 오물 냄새가 진동하는 거적때기 같은 겉옷 대신에 하비의 여름 작업복(거의 쓰지 않은 것이니, 새 옷이나 다름없었다)으로 갈아입히고 나서 두어 시간 정도 대화를 나누며 그는 생각했다. 어차피 이 정도가 글로리아 월터스에게서 얻을 수 있는 정보의 전부가 아닐까, 하지만 아직 확신할 수는 없다.

 우리 집안에는 거짓말쟁이의 피가 흐른다. 그래서 상대편이 거짓말을 하는지 아닌지, 좀 더 빨리 알아채는 장점도 있다.

"저기… 비가 조금 그쳤는데….'

"그래서 지금 어디 가고 싶은 데라도 있소? 엘비스 박물관?"

"지금까지 너무 오래 참아서 더는 못 참을 것 같아요."

 안경이 없더라도 주변 건물과 지리를 알아볼 수 있다면, 목격자로 증언할 때 곤란해진다. 그의 생각을 알아채기라도 한 듯 여자가 말한다.

"도망갈 데도 없고. 저는 안경 없이 거의 아무 것도 안 보여요. 혹시라도 도망갈까 걱정되시면 차 안에서라도…."

"미쳤소? 그렇잖아도 냄새가 아직까지 진동을 하는 마당에 여기다가 또 싸지를 생각이오?"

"그럼 아무 데라도 괜찮으니 공터에 저를 내려…."

"닭소리가 들리면 오른손을 들어요. 안 들리면 왼손을 들고."

"무슨 말씀인지…."

"시키면 시키는 대로 좀 하쇼. 살고 싶은 생각이 요만큼이라도 있다면."

여자가 오른손을 든다. 하비 녀석이라면 이런 번거로운 절차 없이 바로 모가지를 잡아 비틀어 버렸을 텐데. 어차피 내기에는 배짱이 필요하다.

그리고 이제 "진짜" 내기가 시작되었다. 글로리아 월터스로부터 '애니 마이어'라는 이름을 들었을 때부터 그렇게 되었다.

(그날 밤)

"물건은 하나도 빠짐없이 챙겨서 오고 있지?"

빗줄기가 약간은 가늘어진 로차포카 국도에서, 그는 하비에게서 무전을 받았다. 차는 빠르게 서쪽으로 향하고 있었다.

"다시 말하지만, 살아있다는 증거를 대 봐."

주유 경고등이 반짝거리고 있다. 에메랄드 마운틴 중턱까지는 산길을 타고 한참을 더 들어가야 한다.

"라이터로 눈꺼풀이나 입술을 지져 줄까? 이년이 거짓말을 할 때마다 참말을 뽑아내는 아주 탁월한 방법이던데."

"그딴 거 말고 지금 바로 목소리를 들어야겠어. 비명이나 잡소리는 다른 계집들도 똑같이 낼 수 있으니까."

"싫다면 어쩔 건데?"

"그럼 그냥 계집을 죽여. 지난번에 멘데즈한테 시킨 것처럼, 시체까지 아예 가루가 될 정도로 싹 다 태워 봐. 그래 봐야 넌 아무 것도 얻을 수 없어. 네 놈의 픽업트럭에 실려 있던 사탕 17kg도, 지난주에 네가 똘마니들한테 선금으로 받았던 8천 달러도, 챙길 수 있는 물건은 단 하나도 받을 수 없게 되어 버릴 테니까."

"나름 배짱 있게 나오는데, 라푸. 하긴 웨스트버리 호수에선 네가 한 방 먹였어. 그렇지만 남은 둘 중에 하나가 네 놈 가족이었다니. 운명의 장난치고는 꽤나 재미있지 않냐? 순서만 바뀌었다면, 주도권은 여전히 네가 쥐고 있었을 텐데."

"끝내 목소리는 들려주지 않겠다 이거지?"

"어차피 이것도 내기야. 나는 지금 내 옆에 진주목걸이 대신에 꽤 튼튼한 밧줄을 목에 감고 저승사자가 오기만을 기다리고 있는 계집이 분명 마이어 집안의 딸년이라는 확신이 있어. 집안에 흐르는 피는 못 속이는지 꽤나 거짓말을 잘 하더군. 그래서 진실을 알아내는 데 시간이 꽤나 걸렸지만 어쨌든. 네가 지금부터 10분 안에 도착 못해도 계집은 죽는다. ~치직~"

 무전은 끊어졌다. 차에 기름은 모자라지만, 이 정도의 속도라면 5분 안에 충분히 텔라푸사 강을 건널 수 있을 것이다.

"글로리아, 방금 무전으로 들은 목소리가 하들리 크릭 휴양지에서 당신을 덮친 그 남자 목소리 맞소?"

"확실해요. 처음엔 담배를 빌려 달라고 하길래 저는 담배를 안 핀다고 하니까, 미친 듯이 웃으면서 주위를 둘러보더군요. 심지어 그 웃음소리까지 똑같아요."

"당신은 내가 텔라푸사 강을 건너기 전에 총포사에서 내리쇼. 거기 주인 래리한테, 최대한 빨리 주(州)경찰들을 보내라고 말해요."

"경찰들한테 어디로 가라고 해야 되나요?"

"에메랄드 마운틴 중턱에 있는 블루릿지 오두막이라면 경찰들 아니라, 여기 사는 누구라도 잘 알고 있을 거요. 거기로 출동하라고."

"정말 애니의 가족인가요? 애니는 알고 지낸 지 오래되었지만, 단 한 번도 자기 가족에 대해서만큼은 얘기한 적이 없었어요."

"9분 남았소. 지금 와서 내가 당신을 붙잡고, 우리 집안의 길고 긴 가족사나 늘어놓을 시간이 없단 말이오. 저 앞의 파란색 광고판, 래리의 총포사 어쩌고 하는 거 보이지?"

"아무것도 안 보여요."

"젠장. 어지간히 눈도 나쁘군. 지금 당장 픽업에서 내리고, 있는 힘껏 고함을 꽥 지르쇼."

"네? 전 여기가 어딘지 전혀 몰라요."

"그러니까 내리라는 거요. 어디 근사한 호텔 정문 앞에 세워드릴까? 내리자마자 총포사의 래리든 누구든, 아무튼 동네사람 누구라도 오면 무조건 경찰에 신고해서 당장 에메랄드 마운틴 중턱에 있는 블루릿지 오두막으로 보내라고."

"부탁해요. 절대 애니를 죽게 하면 안 돼요."

"이제 8분 정도 남았어. 운이 맞아서, 제대로 일이 풀리기만 하면 아무도 죽지 않을 거니까 안심하쇼. 산에서의 일은 나한테 달려 있지만, 결국 처리는 경찰들이 해야 될 몫이니까 내려서 사람을 불러요, 어서."

(그로부터 대략 20분 후)

"Step aside(옆으로 물러서라), 안토니오." 어둠 속에서 남자의 음성이 들렸다. 음성은 저벅저벅 비에 젖은 발자국 소리와 함께 어느새 토니의 뒤로 다가왔다.

"라푸, 이 새끼. 시간만 계속 끌더니 결국 짭새를 부른거냐? 그래 봤자 시체 한 구만 더 늘어날 뿐이야."

"Put down the weapon(총을 내려놔라), 하비에르." 이제 그 음성은 토니의 옆을 천천히 지나서 점점 하비에게로 향하고 있었다. 그러나 여전히 그 음성은 어둠 속에서 들려왔다.

"어딘가 익숙한 목소리다 싶더니, 결국 마이어 경사님께서 오셨군. 라푸, 너 진짜로 미쳤구나."

"하비에르, 넌 항상 네가 똑똑하다고 생각하지. 그렇지만 너는 그저 주정뱅이 건달에 불과해. 네가 무전기의 CB 채 널을 바꿔놓은 후부터, 나는 줄곧 네 놈이 있는 곳을 쫓아 다녔다. 아마 조금만 빨랐으면 웨스트버리 호수에서 너를 잡을 수도 있었어."

"그래서? 뭐가 어쨌다는 건데? 어차피 이 블루릿지 오두 막에 들어선 이상, 너희 놈들은 다 죽은 목숨이야. 이년도 내가 발판만 살짝 치우면 목이 꽥 부러져서 천당이든 지 옥이든 알아서 찾아갈 거고. 혹시 조금 덜 부러져도 질식 해서 5분 내로 죽겠지. 랜디, 너야말로 총을 버리고 불빛 이 비치는 곳으로 나와."

"상관없어. 다만 안토니오는 이 지옥에서 내보내라, 하비 에르. 이건 어디까지나 너와 나 사이의 일이니까."

"설마 내가 '예, 마이어 경사님. 라푸가 블루릿지 오두막을 완전히 빠져나가면 그때 신사답게 결투를 합시다.'라고 말하길 바라나?"

"랜디. 돌았어? 저 새끼가 살짝만 움직여도 애니는 바로 죽어."

"토니, 두 번 말하지 않을거다. 너는 지금 당장 이곳에서 나가라. 나는 여기서 뭐가 됐든 간에 저 놈이 원하는 대가를 치르고 끝장을 보기로 결심했다."

"마이어 집안의 거짓말이 또 시작되는군. 그렇다면 보나 마나 경사님과 함께 온 누군가가 이 블루릿지 오두막의 어딘가로 미리 숨어들어 와 있겠지. 나를 바보 취급하지 말라고 벌써 몇 번이나 얘기했을 텐데?"

"이번에는 거짓말이 아니야, 하비에르. 여기에서 끝장을 내자. 그리고 네가 원한다면 발판을 치워. 그러든 말든, 안토니오에겐 털끝 하나라도 건드릴 수 없어."

"어이, 라푸. 솔깃한 제안인데? 게다가 꽤나 감동적이야."

"젠장. 랜디. 지금 오두막에 흠뻑 젖어서 뚝뚝 흘러내리고 있는, 이거 전부 빗물이 아니라 휘발유가 꽤나 섞여 있어. 하비 녀석이 라이터만 켜도 우리는 전부 불에 타 죽는다고. 게다가 저 놈은 지금 잔뜩 취해 있어서 자기가 무슨 말을 하고 있는지도 모를걸. 형이야말로 빨리 나가서 지원 경찰들을 불러와. 진짜로 불이 나기 전에."

주변이 온통 깜깜하고 폭풍우가 퍼붓는 산 중턱의 좁은 도로에서, 한 대의 낡은 셰볼레 순찰차가 맹렬한 속도로 블루릿지 오두막을 향해 달리고 있었다. 블루릿지 2층에 켜져 있는 아주 작은 백열등 빛이, 마치 대서양을 항해하는 선박을 비춰 주는 등대의 불빛처럼 보였다.

"셋을 세겠다, 마이어. 총을 내려놓고 이리로 천천히 건너 와. 셋."

"랜디. 이건 미친 짓이야. 가면 안 돼."

"둘."

"뭐라고?"

"하나."

"랜디. 도대체 뭐라고 하는 거야?"

랜디의 웅얼거림이 멈추는 동시에, 네 발의 총성이 연속해서 블루 릿지에 울렸다. 마침내 셰볼레 순찰차가 오두막에 도착할 즈음에는 두 발의 총성이 더 들려왔고, 잠시 후 모든 것이 고요해졌다.

(며칠 후)

"아까운 녀석을 잃었군." 서장이 말한다.

"마이어처럼 지역에 훤하고 정보원도 많이 데리고 있는 토박이 경찰은 좀처럼 쉽게 구할 수가 없는데."

"주제넘은 소리일 수도 있지만, 서장님께서는 이전부터 마이어 선배를 싫어하지 않으셨습니까?"

"싫어하다니, 천만에. 하긴 랜디 그 놈이 워낙 말을 잘 들어먹지 않는 고집쟁이긴 했지만, 원래 서로 친하지 않으면 그렇게 퇴박 주지도 못하는 법이라네."

"만약에라도 호블란 경위님께서 블루릿지 오두막에 더 빨리 도착하셨다면 마이어 선배는 무사했을까요?"

"글쎄. 나는 왜 녀석이 호블란이나 주(州) 경찰에 미리 상황을 알리지 않고, 그렇게 단독으로 쳐들어갔는지 아직도 이해를 못 하겠어."

"살아남은 안토니오 씨에게 이번 사건에 대한 진술을 받는 건…."

"놔 둬. 그 사람은 친형이랑 친누나가 몰살당했고 본인도 총상을 입었는데 지금 제정신이겠나. 나중에 퇴원하고 나면 그때 주(州)경찰 입회하에 정확하게 진술을 받도록 하자고."

(그로부터 다시 며칠 후)

"마침 잘 오셨군요. 다행히 지금은 아버님께서 의식을 되찾으셔서 비교적 정상적인 호흡을 하고 계십니다."

"심슨 선생님, 솔직히 말해 주십시오. 아버지는 얼마나 더 버티실 수 있으십니까?"

"솔직한 대답을 원하시니 저도 솔직하게 말씀을 드리겠습니다. 다시 한번 혼수상태로 빠지신다면, 마이어 씨께서는 의식을 회복할 수 있을지 장담할 수 없을 정도로 위중하십니다."

"지금은 대화가 가능하신가요? 그러니까 온전한 정신으로 제가 말하는 이야기들을 알아들을 만큼은 되십니까?"

"그 부분에 대해 제가 무어라 확답을 드리기는 어렵습니다. 일단 지금은 의식을 회복하셨고 호흡 상태도 꽤 나아지셨으니, 직접 들어가서 말씀을 한번 나눠 보시지요."

아버지가 누워 있는 침상 근처에 달린 온갖 기계장치가 아버지의 전신에 꽂혀 있다. 마치 아버지 안에 있던 모든 것은 이미 하늘나라에 가 있고, 아버지의 늙고 오래된 육신만이 마치 로즈웰의 외계인처럼 고문을 당하는 듯이 보인다.

침상 옆에 있던 간호사 한 명이 침대를 약간 일으켜서 아버지가 숨을 잘 쉴 수 있게 고정시키고 그에게 다가오라고 손짓을 한다. 바로 앞에 서자, 간호사는 "환자 분께서 기침을 하셔서 호흡이 곤란해지면 바로 벨을 눌러서 저를 부르세요."라고 말한다.

"아빠, 저 왔어요."

"오. 랜디냐? 요즘 며칠씩이나 보이지를 않더니, 또 심한 감기에 걸렸던 모양이구나."

"아니에요, 아빠. 저 토니에요. 랜디 형은 사건을 담당하다가 조금 다쳐서, 저더러 병문안을 가 보라고 했어요."

"랜디가 다쳤다고? 어디를 어떻게 다친거냐?"

"범인을 체포하다가 허벅지에 총알을 한 방 맞았는데, 큰 중상은 아니고 그냥 몇 주만 치료하면 나을 거래요."

"그렇구나. 나는 랜디가 처음 경찰이 되었을 때부터 지금까지 늘 다치지 않을까 염려하고 있었단다. 토니, 너는 어떻게 알았니?"

"카운티 경찰서 서장인 존스 씨가 알려주셨어요. 그리고 아버지가 걱정하실 테니 어서 가 보라고 얘기해 주셔서 바로 온 거예요."

"그래, 나도 어서 랜디를 보고 싶구나. 애니가 돌아와서 너희 남매 사이가 다시 좋아지는 것이 내 인생 마지막 바람인데."

"심슨 선생님은 아빠가 이겨낼 수 있다고 하셨어요. 그러니 마지막 바람이라느니 그런 말은 하지 마세요."

"토니. 이 아빠는 그간 네게 많은 거짓말을 해 왔단다. 너의 엄마에 대해서도. 그리고 여러 가지 많은 것들. 너무 오래 되어 기억조차 잘 나지 않는…."

"사람은 누구나 거짓말을 해요. 그건 아빠만의 잘못이 아니에요."

"랜디… 아니, 토니… 갑자기 어지럽구나. (기침소리) 미스 스티븐슨을 불러다오. 그리고…."

"(벨을 누른다) 아빠, 몸이 좀 좋아지시면 나중에 다시 이야기해요. 그때는 랜디 형이랑 같이 올게요." 그는 간호사에게 고개를 끄덕이고 바로 자리를 떠났다.

몬테발로에 있는 묘지에 한 남자가 찾아왔다. 그는 이내 "Randal Christopher Meyer. 이곳에 잠 들다."라는 비석 앞에 섰다.

붉디붉은 석양이 그와 비석을 비추고 있다. '여름은 다 지나고, 낙엽이 지고 있어~ 이제 당신이 있는 고향으로~♬ ♬' 그는 마치 비석이 듣기라도 하는 듯이 나지막하게 박자를 맞추며 노래를 읊조렸다.

"형이 오기 전에 하비를 처리하지 못 해서 미안해. 하지만 적어도 형의 이름만큼은 깨끗하게 지키고 싶었어. 글로리아와 나는 예전에 할배와 우리가 살던, 앨라배마 강이 바로 내려다보이는 그곳으로 돌아갈 거야. 거기로 가서 아마 옥수수를 키우는 농부가 되거나, 조그마한 중고차 대리점을 차리게 되겠지.

아빠와의 추억, 엄마와의 추억, 애니와의 추억. 모두 다 이곳에 남겨두고 우리는 떠나. 아, 예전에 할배가 말했었는데, 긴 여행을 떠날 때라면 사탕 몇 개 정도는 받아도 괜찮대."

작은 캔디가 스무 개쯤 들어 있는 바구니를 비석 앞에 놓으려니, 이내 관통상을 입은 왼쪽 허벅지가 신호를 보낸다. 그래, 의사들 하는 말이야 어차피 다 하얀 거짓말 아니겠어.

석양이 비치는 서쪽으로 천천히 걸음을 옮기며, 남자는 소위 의사들이 말하는 예외적인 경우가 되기라 마음먹었다. 아니, 이미 그는 그렇게 되리란 것을 알고 있었다.

데 라 스 코 르 테 스 신 부 님 의 수 업

대부분의 수업시간은 늘 지루하다. 하지만 이 수업은 지루할 틈이 없다. 신부님은 마치 속사포처럼 강의를 진행하시고, 몇몇 학생들은 그 내용을 공책에 필기한다. 그러나 플로렌시오는 필기하지 않는다. 성적을 잘 받자고 듣는 수업도 아니고, 굳이 노트하지 않아도 얼마든지 수업 내용을 다시 떠올릴 수 있을 정도로 그의 흥미에 알맞기 때문이다.

 "…사르트르가 말한 바 있듯이, 페스트는 계급 관계를 심화시키는 작용을 했지. 왜냐하면 페스트는 주로 가난한 사람들을 공격하고, 부유한 사람들을 그 공격에서 면제해 주었기 때문이야. 일단 한 번 페스트가 지역을 휩쓸고 나면, 부자들은 다시 자기네 집으로 돌아가기 전에 가난한 여자 한 명을 몇 주 동안 그 집에서 살아 보게 했어. 이 실험쥐는 목숨을 걸고, 과연 모든 위험이 사라졌는지 확인하는 임무를…"

플로렌시오가 생각하기에 그 실험쥐는 중세에도 지금에
도 여전히 존재한다. 사르트르가 말했든, 키에르케고르가
말했든, 그런 것은 상관없다. 주사바늘이 자신의 꼬리를
찌를 때도 실험쥐는 자신이 과연 어떤 실험의 대상으로
선정된 것인지, 무엇 때문에 자신에게 이 정체불명의 주
사액이 놓아지는지 결코 알지 못한다.

"…동아시아 지방에서 인구가 크게 증가하게 된 것은 육
식을 조금밖에 하지 않았기 때문인데 이유는 아주 단순
해. 그저 칼로리를 기준으로 삼아서 경제적 결정을 한다
면, 똑같은 면적의 땅에 농사를 짓는 것이 목축을 하는 것
보다 월등히 유리하기 때문이야. 곡물 경작은 목축보다
10배 혹은 20배나 많은 사람들을 먹여 살릴 수 있지. 몽테
스키외는 '다른 곳에서는 동물을 먹이는 데 쓰이는 땅이,
여기(동아시아)에서는 직접 사람을 먹이는 데 쓰인다.'라
고 말한 바 있다네."

아베야네다에서 축구 경기를 보고 나오는 길에, 플로렌시오는 문득 투우를 떠올렸다. 투우에 쓰이는 소는 목축에서부터 나오는 식량이라기보다, 투우장에 몰려온 사람들을 기쁘게 하기 위해 존재하는 무언가이다. 그러나 목적이 식량이든 환호이든, 그 소는 죽게 되어 있다. 소들과 마찬가지로, 모든 인간은 언젠가 죽게 되어 있다.

 "…건전한 영양 섭취란, 탄수화물, 지방, 단백질 사이의 균형을 요구하지. 대개 탄수화물의 비율이 칼로리로 표현된 식량 중 60%를 훨씬 더 상회하는 것을 보면 육류와 생선, 유제품 등이 차지하는 비율이 그만큼 작다는 것을 알 수 있어. 결국 살아 있는 동안 인간은 빵을 먹고 또 먹고, 그러는 도중 가끔 죽을 먹는다는 것이랑 똑같은 말인데, 빵이 승리를 거둔 결정적인 이유는, 같은 칼로리를 얻는데 밀이 다른 것들보다 상대적으로 가장 싼 음식이기….

…쌀과 밀은 모두 벼과 식물인데, 쌀은 겨를 제거하지 않은 상태에서 밀보다 보관이 잘 된다는 이점이 있어. 그렇지만 세계적인 차원에서 보면 밀이 더 큰 중요성을 지닌다네. 또한 쌀의 단점은 많은 손질이 필요하다는 점이야. 유럽과 아프리카, 아메리카에도 쌀 재배가 되긴 했지만, 가장 중요한 재배지는 여전히 동아시아 지방이고, 여기가 전체 생산의 95%를 차지해. 게다가 쌀은 거의가 현지에서 소비되기 때문에, 밀의 무역량에 비교하면 쌀의 무역량이 너무 적다는 점도 오히려 상품으로서 밀의 중요성을 높여 주지."

플로렌시오의 여자친구 라우라는 브라질 남부에서 태어났다. 그가 라우라를 만난 곳도 리우의 한 아싸이 식당이었다. 아싸이는 종려과의 식물 열매이며, 무역량이 많거나 비축자원으로 쓰이지도 않는다. 그러나 아싸이 열매가 그와 그녀를 맺어 준 것만은 분명하다.

"…술은 제조방식에 따라 세 가지 종류로 나뉜다네. 양조주는 발효한 후에 그대로 마시는 술로서, 포도주, 사과주, 맥주 등이 대표적이지. 그에 비해, 증류주는 발효한 이후 증류기에 넣어 알코올만 증류시켜 만드는 술인데, 위스키, 보드카가 이런 종류야. 마지막으로 앞서 말한 양조주와 증류주 또는 순수 알코올을 원료로 과실을 혼합하고 경우에 따라 더 숙성시킨 술을 합성주…."

플로렌시오는 술을 마시지 않는다. 특별히 종교적인 이유가 있어서라기보다, 술을 마시고 나서 별로 좋은 기억이 없기 때문일 것이다.

플로렌시오와 라우라는 둘 다 판타를 좋아한다는 취향 때문에 더 친해지게 되었다. 그리고 두 사람 모두 동생들을 돌봐야 하는 가장이라는 점에서 더욱 자연스러운 유대감을 갖게 되었다.

"…18세기 중반부터 파리만이 아니라, 프랑스 전체에서 커피 소비량이 크게 증가한 것은 유럽이 자체적으로 생산을 조직했기 때문이야. 세계 커피 시장이 아라비아에 있는 커피에만 의존하는 동안에는, 유럽의 커피 수입량이 굉장히 심한 제약을 받을 수밖에 없었지.

그런데 1712년부터 네덜란드 사람들이 자바 섬에 커피나무를 옮겨심기 시작했어. 그리고 전 세계 식민지들에 속속 커피 산지들이 생겨났단다. 품질과 가격에서 가장 높은 자리를 차지한 것은 언제나 모카 커피였고, 그 다음이 자바, 마르티니크, 과달루페의 순서로, 산토도밍고의 커피는 가격이 싸다는 것 외에 크게 인정받…."

플로렌시오도 커피를 마시기는 하지만, 그는 따로 원산지를 알려고 하지 않는다. 라우라와 함께 마시는 커피는 자바에서 재배된 것이든 어디에서 재배된 것이든, 언제나 향기롭고 달콤하다.

"…세네카는 인간 주위의 모든 것이 무너져 내리는 고난의 시기에 인간 자신의 내적인 삶 말고는 신뢰할 수 있는 힘의 원천이 없다고 설명했지. 그리고 그것은 고통 받는 숙명으로서가 아니라, 의식적으로 받아들여야만 하는 현실로서 통합시켜야 한다고 말했어. 세네카는 거칠고 공격적인 세계에 대처하는 방법으로서 '네 자신의 마음 이외의 그 어떤 것에도 현혹되지 말라'고 제자들에게….

…행위의 목표가 언제나 욕구의 만족을 의미하는 경우에, 그 목표에 이르기까지는 오직 두 가지 길이 남아있어. 그것은 '가능한 많은 만족을 느끼도록' 하거나, 아니면 '가능한 적은 욕구를 갖도록' 노력하는 것이지. 전자가 사람의 외적인 세계를 지배하는 일에 몰두하게 한다면, 후자는 사람의 내적인 세계를 지배하는 일에 몰두하게 한다네."

플로렌시오는 라우라와 함께 있으면 언제나 행복감을 느낀다. 그렇게 느껴지는 행복감은 단지 한 순간의 쾌락도 아니고, 불쾌감으로부터 해방된다는 데에서 나오는 안도감도 아니다.

분명히 그것은 마음 어디에선가부터 우러나오는 진정으로 행복한 느낌이다. 다만 그 행복이 어디에서 오고 어디로 가는지는 알 수 없다.

"장사는 청년들의 낭비가 없으면 되지 않아. 농사꾼은 시장에서 팔리는 곡식이 비싸야 하고, 건축가는 집이 무너져야 새로운 집을 지을 수 있지. 또한 재판소의 관리는 사람들이 소송과 싸움질을 해야 하며, 의사들은 환자들이 육체적인 고통을 느껴야 하고, 심지어 나와 같은 사제들의 영광과 직무까지도 다른 사람들의 죽음과 악덕이 있어야만 된다는 거야.

그러면 우리 마음의 소원들은 대부분 다른 사람들의 손해가 생겨나야 되는 것이니까, 악행을 저질러도 괜찮다는 말이냐고 바꾸어 물어볼 수 있겠지. 하지만 그렇지는 않아. 무엇보다 악을 행하기를 원치 않음과 악을 행할 줄 모름의 사이에는 큰 차이가 있거든.

 나는 교수인 동시에 사제라네. 수많은 사람들이 내게 물어 와. 자신은 행복해지고 싶은데 너무나 고통스러우니 어떻게 해야 하냐고. 그럴 때마다 대답하지. 빠져나오는 방법을 배우라고. 인생에는 수많은 고통이 존재하는 데 깊게 매몰되면 될수록 빠져나오기 어려워져.

 누구든 즐겁게 사는 방법을 선택하고 그 방법을 배워야 한다고 생각해. 기쁨과 행복은 그냥 턱 하니 주어지는 것이 아니거든. 오직 그 자신이 만드는 거지. 그러한 태도만이 고난을 헤치고 더 나은 방향으로 갈 수 있도록 해 준다네.”

플로렌시오는 생각한다. 자신이 단 한 번도 관대하고 전능한 신의 사랑을 받는다는 사실을 잊은 적이 없었다는 것을. 교회를 다니든 않든 혹은 어떤 다른 종교를 가지고 있든, 그런 것은 중요하지 않다.

사람은 누구나 고통을 겪다 보면 자애로운 신의 존재에 의문을 품게 된다. 그들은 이렇게 주장한다. "하느님이 선하다면 피조물에게 행복을 안겨 주고 싶을 것이고, 하느님이 전지전능하다면 원하는 바를 실현할 수 있을 것이다. 그러나 피조물은 행복하지 않다. 따라서 하느님은 선하지 않거나 전지전능하지 않거나 둘 다이다."

그들의 주장은 일견 타당하지만, 플로렌시오는 거기에 완전히 동의하지도 않는다. 열의 반대가 차가움이 아니라, 열의 부재가 차가움이듯, 선의 반대가 악이 아니라, 선의 부재가 악일 것이라고 플로렌시오가 믿고 있기 때문이리라.

사
덕

옛날에 호랑이와 들짐승들이 사는 숲이 있었다. 귀뚜라미 우는 소리가 전부였던 밤의 숲에서 왕자는 길을 잃었다. 얼마 후 악마가 나타났다.

"흠. 길을 잃으셨나 보군."
"원하는 게 뭐지?"

"신선한 고기, 신선한 피."
"가증스러운 것. 너는 악마로구나."

"그렇게 흥분하지 마. 선택의 기회를 줄게. 넌 지쳐 있어서 내 상대가 못 돼. 그러니 네 아들만 내게 넘겨. 너와 네 아내는 곱게 보내 주지."

왕자는 잠시 생각하더니,

"곱게 보내 주는 것도 좋고, 내 아들을 잡아가는 것도 좋아. 그런데 네가 남아 있잖아? 그러면 다음에 오는 사람들은 어떻게 되지?"라고 말하며 검을 뽑았다.

사딕은 평범한 회사원이다. 그에게는 어릴 적부터 친하게 지내 온 동네 친구들이 있다. 사업가인 아마드, 연극배우이자 마술사인 알리셜, 의사인 킴산, 무직인 디요스가 그들이다. 친구들은 어느 날 사딕의 집에 모여서 식사를 나누며 이런저런 대화를 나누다가, 기적에 대해 이야기하기 시작했다.

"기적이란 그냥 귀신이나 믿는 사람들의 헛소리에 불과해. 아스피린을 먹으면 누구나 열이 내리지. 그렇지만 기적을 바란다고 죽기 직전의 환자가 열이 내릴까? 천만에." 킴산이 말했다.

"단정할 수는 없어. 실제로 기적이 일어났다는 이야기는 뉴스나 신문에 많이 나오잖아." 디요스가 말했다.

"디요스 말이 맞아. 기적이란 진짜 나타날 수도 있는 거라고." 알리셜이 말했다.

"얘들아. 만약에 말이야. 내가 이 접시더러 날아라~! 라고 외치면, 과연 이 접시가 날아다닐 수 있을까?" 사딕이 말했다.

"어림없는 소리야."
"맞아. 어떻게 그런 일이 있을 수가 있겠어."

그 순간 접시가 휘익 하면서 날아다니기 시작했다. 마치 UFO가 공중에서 회전비행을 하는 것처럼, 접시는 거실과 식탁 위를 몇 바퀴 휘익 돌더니 아주 얌전하게 제자리로 돌아왔다.

"에이, 사딕. 접시 바닥에다가 무슨 자석이라도 붙여 놓은 거야?"
"미리 알리셜이랑 짜고 마술을 부린 거지? 다 알아, 이놈들아."

그저 사딕의 단순한 장난이라고 생각한 친구들은 식사를 마친 후 이내 곧 헤어졌지만, 사딕은 사실 스스로도 접시가 날아다닌 것을 믿을 수 없었다. 이내 성냥을 가져와 자신의 입으로 훅 부니 저절로 불이 붙었다. 도무지 이유는 모르겠지만, 매번 이러한 초능력이 성공하는 것을 경험한 그는 '술을 너무 많이 마셨거나 알리셜이 어딘가에서 또 마술을 부리는 것일 거야'라고 생각하며 침대로 가 몸을 누였다.

 얼마나 지났을까. 사딕의 꿈에 한 노인이 나타났다. 그 노인은 미소를 띤 채, 예언서 한 권과 태엽시계 하나를 사딕에게 건네주었다. 태엽시계는 째깍째깍 흘러가고 있었고, 예언서에는 미래에 일어날 사고들이 빼곡히 적혀 있었다. 노인은 '시간이 멈추면 모든 것이 멈춘다'는 말을 남긴 채 유유히 사라져 갔다.

사딕이 꿈에서 깨어나 보니, 머리맡에 예언서 한 권과 태엽시계가 실제로 놓여 있었다. 태엽시계는 일단 주머니에 넣어둔 채, 그는 예언서에 따르면 일어나게 되어 있던 사고들을 미리 막아, 수많은 사람들을 살릴 수 있었다.

그러자 사딕은 지금의 상황이 단순한 꿈이 아니란 것을 깨닫고, 사딕의 다른 친구들보다 초능력이나 기적에 대해 열린 마음을 갖고 있는 알리셜을 만나서 자신에게 일어난 일들을 말해 주기로 했다.

"알리셜, 너는 마술사잖아. 만약 나한테 갑자기 초능력이 생겼다면 믿을 수 있겠어?"

"사딕. 나는 기적이나 초능력이 얼마든지 있을 수 있다고 믿어. 다만 내가 부리는 마술은 가짜야. 너한테 초능력이 생겼다면 그건 진짜겠지."

"알리셜. 이번에 네가 극장에서 하는 연극 도중에 올가에게 청혼을 하겠다는 계획, 부러바이도 알고 있어?"

"모르겠지. 하지만 나는 이번 기회에 나에 대한 올가의 감정을 확인하고 싶어. 과연 내가 그녀를 사랑하는 만큼, 그녀도 나를 사랑하는지 알고 싶다고."

"부러바이는 위험한 놈이야. 매번 아마드의 사업에 훼방을 놓고, 아마드를 협박해서 돈을 갈취하는 악당이라고. 그런 놈이 데리고 있는 여자한테 굳이 청혼을 해야겠어?"

"사딕. 나는 부러바이 따위는 무섭지 않아. 그리고 내가 사랑하는 여자와 함께라면, 죽는 것도 무섭지 않고. 이번 주 금요일 저녁이야. 친구들과 함께 꼭 보러 와 줘."

금요일 저녁. 사딕, 아마드, 킴산, 디요스, 모두가 알리셜의 연극을 보러 실내극장에 모였다. 갑자기 아마드의 얼굴이 굳어지는 것을 느낀 친구들은, 부러바이가 얼마 떨어지지 않은 자리에 올가와 함께 앉아있는 걸 보게 되었다. 사딕에게 말했던 것처럼 1인극 중에서 감정이 한창 고조되는 순간, 알리셜은 올가의 이름을 부르며 사랑을 고백했다.

"올가, 지금 저놈의 고백을 받아들여 무대로 내려간다면, 그냥 칼로 찔러 버리겠어."

"마음대로 해요. 난 지금껏 당신이 무서워 함께 있었지. 사랑해서 함께 있었던 건 아니에요. 내가 사랑하는 사람은 알리셜 하나뿐이에요."

올가는 바로 계단을 내려가 알리셜의 고백을 받아들였다. 그러자 잠시 후 올가의 뒤를 따라 뛰어내려온 부러바이는 무대 위의 알리셜을 자신이 갖고 있던 칼로 무참히 찌르고 달아났다.

"알리셜, 조금만 참아. 내가 구해 줄게."

"사딕. 무슨 소리야? 네가 어떻게 알리셜을 구해? 킴산. 얼른 네가 일하는 병원으로 알리셜을 데려가자."

"안 돼. 출혈이 너무 심한 데다 폐와 심장의 급소를 찔렸어. 아…."

초능력으로 당연히 알리셜을 구할 수 있을 거라고 생각했던 사딕. 그러나 알리셜은 여전히 위태로워 보였다. 문득 노인이 준 시계를 주머니에서 꺼낸 그는, 이미 태엽시계가 멈춘 것을 보게 되었다.

사딕은 "시간이 멈추면 모든 것이 멈춘다."는 노인의 말이 무엇을 뜻하는 것인지 그제서야 깨닫게 되었다.

"죽으면 안 돼. 알리셜. 네가 살아만 날 수 있다면, 내 초
능력이 전부 사라진다 해도 좋아. 알리셜, 내가 너를 말렸
어야 하는데. 내 탓이야."

엎드려 울다가 눈을 뜬 그에게, 다시 꿈에서 보았던 그
노인이 나타났다. 노인은 말했다. "세상에서 돈으로 살 수
없는 3가지가 있지. 그건 바로 자네에게 잠시나마 주어졌
던 재능. 자네와 친구들 사이의 진실한 우정. 마지막으로
영원한 사랑이라네."

갑자기 노인은 사라지고, 사딕은 마치 꿈속과도 같이 텅
빈 영원의 공간에서 부러바이를 마주했다. 그는 하행 에
스컬레이터 앞에 서 있었고, 눈이 먼 장님 부러바이가 상
행 에스컬레이터 앞에 서 있었다. 마치 서로 스쳐 지나가
듯이, 중간지점을 통과할 무렵 에스컬레이터는 멈추고,
사딕은 부러바이에게 말했다.

"소원을 한 가지 말하면 내가 들어주겠네."

"내 소원은 이 세상 모든 사람들이 나처럼 눈이 멀게 되는 거야."

사딕은 힘없이 고개를 저었다. 두 개의 에스컬레이터는 다시 움직이기 시작했고, 부러바이는 다시금 애원하며 자신의 눈을 뜨게 해 달라고 부탁했지만, 사딕의 영혼은 그 영원의 공간으로부터 점점 멀어져 갔다.

문득 사딕이 정신을 차리자, 킴산을 비롯한 친구들이 울면서 알리셜의 죽음을 애통해 하고 있는 모습이 보였다. 노인과 태엽시계를 기억해 낸 사딕은 필사적으로 태엽을 감지만 고작 10분 정도만 되감길 뿐이었다. 하지만 친구를 살릴 수 있다면 아무 상관없었다.

사딕은 숨을 크게 쉬고, 두 눈을 잠시 감았다가 다시 떴다.

"킴산, 빨리 구급차를 불러. 디요스, 넌 어서 내려가서, 알리셜에게 부러바이가 곧 칼을 지니고 무대로 쫓아올 거라고 빨리 전해."

"사딕, 구급차는 왜?"

"설명할 틈이 없어. 어서 병원의 구급차를 이 극장으로 불러. 아마드, 넌 나랑 부러바이를 따라가자. 놈은 칼을 가지고 있으니까 조심해야 돼."

"그래. 난 벌써 여러 번 부러바이한테 당해 봐서, 놈이 칼질하는 습성을 잘 알고 있어. 일단은 소품으로 무대 위에 있는 저 베개를 쓰자. 놈은 항상 심장 쪽을 노리니까 베개로 가슴팍을 막는거야."

자신의 모든 초능력과 바꾼 10분으로, 사딕은 그의 친구들과 함께 알리셜을 살렸다.

이미 디요스에게 소식을 들은 알리셜은 무대 위로 달려
드는 부러바이를 볼 수 있었고, 아마드가 급하게 던져준
베개로 가슴팍을 막으며 다행히 치명상은 피했다.

 그리고 킴산이 불러 놓은 구급차를 타고서 빠른 시간에
병원으로 향할 수 있었다.

"알리셜. 곧 병원이야. 조금만 참고 있으면, 병원 의사들
이 상처를 봉합해 줄 거야. 너는 내 친구고, 세상 그 무엇
보다 너를 사랑해."

"사딕. 대체 어떻게 부러바이가 무대로 내려가서 알리셜
을 칼로 찌를 거라는 것을 알았던 거야?"

"그래, 나도 그게 궁금했어. 킴산이 미리 병원의 구급차를
불러 놓지 않았으면, 치명상이 아니었더라도 과다출혈로
죽었을지도 몰라."

"나중에 얘기할게. 일단 지금은 알리셜을 위해 기도하자."

태엽시계는 멈추었고, 친구를 되살리는 것을 마지막으로
사딕에게 주어졌던 모든 초능력은 사라졌다. 하지만 그는
다시금 노인의 말을 떠올린다. 재능과 우정과 사랑만큼은
돈으로 살 수 없다는 것을.

그러자 악마가 흠칫하며 말했다.

"기다려, 너무 성급하군. 내가 또 다른 선택의 기회를 줄게. 아들이 그렇게 소중하다면 네 아내를 바쳐도 돼. 그럼 너와 네 아들은 곱게 보내 줄 테니."

"이런 사악한 것."

"어차피 이 싸움은 내가 이기게 되어 있어. 거기 있는 너는 그냥 누구를 바칠 것인지만 결정하면 되는 거야."

왕자는 웃으며 말했다.

"네가 이길 거라고 어떻게 장담하지?"

나그네를 위한 비

비가 내리고 있었다. 나그네는 비를 피할 곳을 찾다가 불빛이 켜져 있는 곳을 발견했다. 지금 전등불이 켜져 있다면, 누군가는 그곳에 살고 있으리라 생각한 그는 조심스레 문을 두드렸다.

"누구시오?"

"지나가던 사람인데, 잠시 비를 피하고 가도 되겠습니까?"

"그러쇼. 어차피 이 집에는 나밖에 없고, 나는 말 상대가 필요하거든."

신발을 벗고 들어서니 거실처럼 보이는 방이 있었고, 문고리를 보니 방이 한 칸 더 있는 듯 보였다. 사내의 거친 인상과는 달리 집안은 상당히 깔끔한 편이었다. 특이한 점을 찾으라면, 가정집이라고 보기에 주방 공간이나 TV 같은 가전제품이 전혀 눈에 띄지 않았다는 정도였다.

"짐이 따로 없는 걸 보니, 꽤나 여행을 많이 다닌 편 같소."

"원래 여기저기 다니다 보면, 하나라도 짐이 적을수록 좋더군요."

"밤이 깊었는데, 피곤하지 않으시오?"

"괜찮습니다."

"의자에 앉는 편이 좋소, 아니면 그냥 바닥에 앉는 편이 좋소?"

"아, 의자가 있다면 아무 거라도 주십시오. 의자가 편합니다."

사내는 건넛방에서 의자를 두 개 꺼내 온다. 앉는 부분에 쿠션이 있는 나무의자인데, 흔히 시장에서 파는 것 같지 않다. 섬세하고 상당히 인상적인 목각이 의자의 네 다리마다 새겨져 있다. 아마 사내가 손수 만든 듯하다. 외진 곳에서 혼자 작업하는 목수나 공예가일까?

"이곳은 작업장인가요?"

"그렇다고 볼 수도 있지. 적어도 모텔은 아니니 돈 걱정은 접어 두쇼."

"폐를 끼치는 게 아닌지 걱정됩니다."

"전혀. 이런 데서 지내다 보면 누군가랑 대화할 기회가 없어지지. 걱정일랑 접어 두고 어디 세상 돌아가는 얘기나 해 봅시다."

나그네는 순간, 본인 역시 바깥세상과는 크게 상관없는 사람이라고 느꼈다. 오히려 이런 작업장에서 자기 세상을 구축해 나가는 저 사내야말로 나보다 더 많이 알고 있지 않을까, 라고 속으로 생각했다.

"저도 세상 돌아가는 일에 대해 그리 잘 알지는 못합니다. 건넛방은 침실인가요?"

"아무 방이나 머리 두고 누우면 거기가 침실이요. 다만 건넛방에는 기계들이 있어서 잘못 건드렸다가 어디 하나 잘리기 십상이오."

"무슨 기계들입니까?"

"쇠나 통나무 같은 재료들을 다듬는 놈들이지."

"의자에 새겨진 목각을 보고 이미 예사롭지 않다고 느꼈습니다. 선생님은 수공예를 하시는 분인가요?"

"선생님은 무슨 선생님. 그냥 목수요. 하다 보니 쇳덩어리도 같이 다루게 되서, 이것저것 자르고 깎고 다듬는 게 일이라오."

"이런 곳에 작업장이 있을 줄은 몰랐습니다."

"기계들 소리가 워낙 시끄럽다 보니, 도시의 아파트 같은 곳에서 일을 할 수 있겠소? 게다가 나는 물론 말상대가 필요한 놈이긴 하지만, 일할 때만큼은 혼자가 편하오. 그런 점에서 여기만 한 곳이 없지."

"외진 곳에서 지내시면, 식사는 어떻게 해결하십니까?"

"가끔 읍내 식당에서 한 끼씩 먹고 들어오는데, 한번 일을 시작하면 며칠 동안 안 먹어도 끄떡없소. 그냥 그렇게 생겨 먹은 놈이오."

"선생님이란 표현이 거북하시면, 나무나 쇠와 같은 재료로 작품을 만드는 분이시니 작가님이란 표현은 어떻습니까?"

"일단 그 '님'이란 말 자체가 나 같은 놈한테는 전혀 맞지가 않소. 그리고 그냥 내가 말하듯이, 나한테도 편하게 말해 주면 좋겠소. 모두 그렇지는 않겠지만, 흔히들 작가라고 하면 소설가를 떠올리지 않소? 나는 말만 앞서고 행동이 없는 부류를 경멸하오. 적어도 내가 만든 것들은 실체가 있어서 만질 수가 있고 그 질감을 느낄 수가 있다 이거요."

"소설에서는 그러한 질감을 느낄 수 없다고 생각하십니까?"

"누군가는 느끼겠지. 하지만 나는 아니요. 특히 '열린 결말'이란 개수작을 부리는 작자들을 보면 내 직접 가서 턱주가리를 날려 주고 싶소. 적어도 목수는 자신이 만들다가 만 의자를 작품이라고 팔거나 누구한테 내보이지는 않거든. 그런 무책임한 놈들은 아마 죄의식도 없을 거요."

"열린 결말에 대해서는 저도 상당히 부정적인 입장입니다. 그러나 어떤 하나의 결론으로 맺기 어려운 경우도 있지 않겠습니까?"

"댁은 소설가요?"

"아닙니다. 다만 글을 쓰는 것도 글을 읽는 것도 좋아하는 편이라서."

"내가 말하는 바는 자기가 끝장내지 못할 일은 시작도 하지 말라 이거요. 그래 놓고 열린 결말이니 어쩌니 그럴싸하게 포장해서 작품이라고 이름 붙이는 짓은, 대놓고 사기를 치는 것보다 더 비열한 짓이오."

"제 생각에도 한 권의 책을 쓰려는 사람은, 그 주제에 대해 여러 가지로 생각해 본 후에 스스로가 볼 때도 명확한 결론을 염두에 두고 쓰는 것이 좋다고 봅니다."

"좋소. 견해가 일치하는군. 설비가 잘된 집이라면, 물을 뜨기 위해 일부러 계단을 올라가거나 내려갈 필요가 없는 법이오. 그런데 설비는 불량하게 해 놓고 애매하게 주거인들을 탓하는 놈들이 있다면, 바로 그게 죄악이 아니겠소?"

"요즘 들어서는 점점 설비가 불량해지는 것이 사실입니다. 아니면 유명 건축가의 흉내를 낸다든가 하면서 관심을 끌려 하지요."

"예전에는 어디서나 독특한 사상이 넘쳐나고, 그러한 저술을 담은 책들이 여기저기서 쏟아져 나왔지. 그런데 요즘 시대를 살아가는 사람들은 대부분 책을 읽는 자체를 꺼려하는 자들뿐이니, 오히려 책이 사람을 번거롭게 하는 세상이 되어 버렸소."

"책이 사람을 번거롭게 하는 세상이란 이야기가 나와서 말인데, 지금 세대는 아예 책이라는 매체를 무시하는 경향이 있습니다. 그들에게 책을 읽을 자격이 과연 있기는 한 걸까요? 어차피 그들에게도 시간 낭비에 불과한 것일 텐데."

"아마 그렇겠지. 책을 읽으면서 어릴 적부터 무언가를 깊이 생각하거나 스스로 생각하는 법을 배우지 못하고 자란 세대는, 이미 정신이 망가진 것이나 다름없소. 그들에게 필요한 것은 오로지 순간의 자극이고 그 자극조차 점점 간격이 짧아져 가고 있으니 딱한 노릇 아니겠소."

"아마 그런 이들에게 책 읽기란 고문이나 마찬가지일 것입니다. 원래 어린애는 자신과 같은 어린애한테 가장 잘 배운다는 학설이 있는데, 그런 친화력이 나쁘게 작용하다 보니 점점 책 읽는 어린이는 사라지고 스마트폰으로 게임하는 요령들만 아이들끼리 서로 배우는 것 같습니다."

"어차피 본인의 선생은 본인 스스로가 찾아야 되는 거 아니겠소? 어린애의 경우에는 그렇다 치더라도, 어느 정도 자라난 후에는 결국 자기 선택에 달린 거라고 생각하오."

"인생은 짧고 예술은 길다, 라는 말이 있지 않습니까. 사람은 죽지만 그 신념이나 이상은 죽지 않는다는 말도 있지요. 진실과 노력이 담긴 책은 작가가 죽은 후에도 살아있다고 생각합니다."

"바로 그렇소. 나 역시 허풍쟁이들과 협잡꾼들이 최고로 존경받는 것을 보아 온 후로, 아예 누군가에게 인정받는다는 자체를 일찌감치 포기해 버리고 이 외진 곳으로 왔지. 나는 내 자신의 갈채만 받으면 그만이고, 내가 옳다는 것을 입증하기 위해 세상과 싸울 필요가 없다 이 말이오."

나그네는 확고한 주관을 가진 자만이 일정한 경지에 달할 수 있다고 믿었다. 그의 앞에 있는 목수는 그 믿음에 부합하는 사람인 듯 보였다.

"실체와 질감에 대해 말씀하신 부분을 다시 떠올려보니, 시간과 공간은 실체 없이도 직관적으로 생각할 수 있지만 실체는 시간과 공간 없이 상상하기 어렵군요."

"그렇소. 물질이란 원래 시간과 공간이 있어야 존재할 수 있고, 지속할 수도 있지. 나는 실체적인 것을 좋아하오. 내가 보고, 느끼고, 손에 쥐고, 냄새 맡고, 올라타고, 잡아당기고, 부러뜨리고, 다시 붙이고, 어루만질 수 있는 모든 것을 믿소. 종교나 교리 같은 것들은 실체가 없는 것들이지."

"삶에서 불안이나 공포를 느끼는 사람들은 종교에 의존하기도 합니다. 아마 동물은 도살장이나 포식자를 직면한 후에야 죽음을 생각하게 되지만, 인간은 매 순간마다 죽음에 가까이 다가가는 것을 인식하는 존재이기 때문이 아닐까요?"

"내게 종교에 관해 묻는 것은 부질없는 일이오. 물론 고결한 마음씨를 가진 종교인들이 있기는 하지. 나 역시 몇몇을 만난 적도 있고. 그러나 그러한 사람들에게서 묻어나는 것은 어디까지나 개인적인 고결함이고, 미신과 교리에 얽매인 종교 따위는 그저 한낱 몽상에 불과하오. 적어도 내 생각은 그렇소."

"개념은 어떻습니까? 개념도 고유한 형태를 가질 수 있지 않을까요. 이를테면 지렛대나 도르래가 작용하는 원리를 알지 못하면 건축물을 만들 수 없는 것처럼."

"당연한 얘기요. 그런 개념들은 종교와는 전혀 다른 맥락에서 바라봐야 하오. 수학이나 과학도 마찬가지. 비록 추상적 영역에 있긴 하지만, 그런 것들 없이 공간과 시간을 이해하기란 불가능하니까."

외부에 아랑곳하지 않고, 오로지 자신의 진리만을 묵묵히 바라보는 참된 진지함은, 지금 대화를 나누는 목수의 오랜 경험에서 나오는 것이 아닐까 하고 나그네는 생각했다. 대부분의 사람들은 상황에 순응하며 살아갈지라도, 이 사람은 결코 그렇지 않을 것이라고 나그네는 짐작했다.

"추상적 개념이라고도 볼 수 있는 지식의 가치는 전달성과 보존성에 있다고 봅니다. 이런 점들은 실체와 비슷하다고 생각지 않으십니까?"

"나는 목수요. 나무라는 물체의 변화를 단순히 직접적으로 보고 직관적으로 받아들이는 데 훨씬 더 익숙하오. 하지만 추상적이라 하더라도 지식의 가치를 부정하지는 않소. 예를 들어, 재주 많은 숙련공이라면 별다른 학문적 지식 없이도 기계를 훌륭하게 조립할 수 있지. 그러나 그렇지 않은 보통 사람의 경우에는 직관적 인식만으로 충분치 않을 때가 많거든."

"사라져가는 것은 책만이 아닙니다. 그림과 음악, 모든 분야의 예술이 점차 사라져가고 있다고 느낄 때가 많은데, 이것은 순전히 저만의 느낌일까요?"

"지식이 예술에서 뭔가를 생산하지 못하는 게 바로 그런 거라오. 이를테면, 화가나 작곡가가 오로지 지식을 통해 어떤 작품을 그리거나 만들려 한다면 별다른 결실을 맺지 못할 거요. 물론 창작의 기술적인 측면에서는 지식이 필요할지도 모르지. 그러나 직관적으로 뭔가를 시도하려 들 때에는 지식이나 이성이 오히려 방해가 되는 경우가 훨씬 많소."

"수학과 과학에 대해서도 말씀하셨는데, 특히 수학은 많은 학문의 기초가 되지요. 그러나 과연 수학이 인간이 살면서 겪게 되는 고통이나 번뇌에서 벗어나려 하는 데에 어느 정도의 도움이 되는지는 모르겠습니다."

"나 역시 모르오. 내가 아는 것은, 채워질 수도 없는 욕망으로 스스로를 괴롭히거나 유익하지도 않은 일에 정신을 쏟지 않는 것. 이것만이 마음 편히 살아갈 수 있는 길이라는 거요."

 나그네는 한때 고통에서 벗어나기 위해 목숨을 끊으려는 생각을 가졌다. 지식과 윤리는 그런 때에 어떠한 도움도 되지 못한다. 마음의 평정과 행복감은 어쩌면 목수가 가르쳐 준 그 길에 있는지도 모른다.

"빈번하게 육체적인 고통이 생기면, 작은 변화에도 큰 정신적 고통을 느낄 뿐 아니라 결국 우울증을 일으키게 됩니다. 이런 점에서, 신체와 의식은 동일한 것이 아닐까요? 이원론자들은 철저히 신체와 정신을 분리하고 있지만, 제 경험으로는 그렇지 않다고 봅니다."

"왜 아니겠소. 내 쉬운 예를 들리다. 딸꾹질을 의식이나 지식으로 멈출 수 있을 것 같소? 쾌락도 마찬가지. 가장 존재나 실재와 가까이 있는 것이 바로 신체라는 놈이오. 의사들이 아무리 학문적으로 잘 설명한다 해도, 우리가 느끼는 고통이나 쾌락만큼 더 확실한 것은 없소."

"호흡을 하고 있는 것을 느낄 때도 있지만, 대부분의 시간 동안 사람들은 본인이 호흡하고 있다는 것을 느끼지 못하고 보냅니다. 동물들도 마찬가지겠지요. 다만 인간은 의식적으로 심호흡을 할 때라든지, 악취 때문에 일부러 호흡을 참는 경우라면, 본인의 호흡을 습관이 아닌 하나의 행동으로 인식하게 됩니다. 신체의 고통도 그런 관점에서 볼 수 있다면 좋겠는데요."

"아마 그럴 거요. 고통도 고통으로 인식하지 못하면 그다지 괴롭지 않으니까. 일단 짐승은 잘 먹고 잘 싸면 대개 그 이상을 요구하지는 않소. 여기까지는 나와 짐승이 똑같은데, 아까 얘기했듯이 채워지지 못할 욕망으로 스스로를 괴롭히지 않으면 인간들도 정신적 고통은 덜 느끼게 될 거요."

"그러나 아직 무언가 욕망하거나 소망할 것이 남아 있을 때가 그나마 행복하지 않겠습니까?"

"아, 물론 그게 빨리 이루어진다면야 행복하겠지. 허나 대부분은 매우 더디게 이루어지거나 아예 이루어지지 않거든. 정신적인 고통이란 바로 그런 것들을 일컫는 단어요. 그리고 인간은 자신이 소망한다는 사실은 꽤나 뚜렷하게 느끼고 있지만, 과연 무엇을 소망하는지에 대해서는 의외로 막연한 경우가 많다 이 말이오."

"스스로를 목수라 칭하시지만, 저는 제가 앉아 있는 이 의자만 하더라도 조형예술의 결과물처럼 느껴집니다. 예술은 그것을 재현하는 소재가 글자라면 문학이 되고, 그것을 재현하는 소재가 소리라면 음악이 될 수 있는 것 아니겠습니까?"

"그런 얘기를 들으니 뭔가 칭찬받는 기분이 드는군. 흔히 사람들은 예술이란 천재들만 하는 거라고 생각하지. 하지만 오히려 나 같은 사람은 천재가 누리지 못하는 나만의 만족이 있소. 천재란 모름지기 실생활에 서투른 편이거든."

"일종의 광기 없이는 진정한 시인이 될 수 없다고 플라톤은 말했는데 실제로 천재성과 광기는 항상 붙어 있는 것일까요?"

"글쎄. 플라톤이 뭐라고 말했든 간에, 광기가 중중에 달하면 그 사람은 시인은커녕 정신병원에 쳐 박혀서 여생을 보내게 될 텐데. 광기란 어느 정도는 내면에 묻어 두는 편이 낫소. 내가 만나 본 천재들은 미쳤다기보다 대부분 냉

정함이나 현실감이 모자라고, 그래서인지 속기 쉽고 교활한 자들에게 농락당하기 예사더군."

"풍경화나 정물화를 볼 때, 마음이 편안해지는 것은 화가의 천재성과는 조금 다른 이유가 있다고 생각하는데요."

"고난을 받거나 근심으로 고통 받는 사람도 자연을 홀가분한 심정으로 한번 바라보면, 자신도 모르게 원기가 회복되고 명랑해지며 기운이 나는 경우가 많지. 자연이 주는 그런 치유감은 그 자연을 그리는 화가의 천재성과는 딱히 관련이 없다고 보오."

나그네는 목수가 자신의 인생행로나 그 행로에서 생기는 불행을 목수 개인의 운명으로 바라보지 않고 일반적인 인간의 운명으로 바라보는 것처럼 느꼈다. 이 정도의 경지까지 다다른 사람이라면, 불행을 자신만의 고통으로 여기고 괴로워하기보다 그저 하나의 과정으로 인식하고 지나갈 수 있을 것이다.

"음악에 대해서는 어떻게 생각하십니까? 음악 또한 만지거나 질감을 느낄 수 없는 것인데요."

"내 생각에, 음악은 문학과는 완전히 다르다고 보오. 일단 한 권의 책을 봅시다. 책은 분명히 영어든 한글이든 어떤 쪽이든 맨 먼저 하나의 언어로 만들어지지. 그러면 그 책이 다른 언어를 쓰는 사람에게 전달되기 위해서는 '번역'이란 덧칠 작업이 필요하고, 제 아무리 훌륭한 번역가라도 그 덧칠 중에 분명히 훼손되는 부분이 존재한다는 거요. 하지만 음악은 보편적인 하나의 언어로 누구에게 전달되더라도 번역 없이 느끼고 이해할 수 있지 않소?"

"그 부분에 대해 전적으로 공감합니다. 음악이 우리에게 주는 영향은 다른 예술이 우리에게 주는 영향과 대체로 비슷하지만, 음악이 주는 영향이 훨씬 더 강력하고 신속하며 확실하다는 생각입니다."

"나는 장조와 단조가 어떻게 만들어지는지 모르오. 작곡이란 걸 해 봤어야 말이지. 하지만 적어도 장조에서 단조로 곡이 변하면, 내 자신 안의 무언가가 그 변화를 직관적으로 느낄 수 있소."

"회화나 조각이 공간의 예술이라면, 음악은 시간의 예술이라고 말하는 것이 조금 더 적합하지 않을까요?"

"그건 내가 답할 수 있는 질문이 아닌 것 같은데. 대화를 나누면서 느꼈겠지만, 나는 오로지 현재와 실체만을 중시하오. 시간을 논할 때 흔히 쓰이는 단어인, 미래나 과거는 그저 개념 속에나 존재하지. 내게는 현재만이 흔들림 없는 내 삶의 시간이며, 내 삶에서 그 누구도 빼앗아갈 수 없는 확실한 소유물이오."

"인과율이나 윤회에 대해서는 어떻게 생각하십니까?"

"지금 나하고 종교적인 토의를 하려는 거요?"

"아닙니다. 예술에 대해 너무 오래 이야기하다 보니, 대화를 시작하면서부터 여쭤 보고 싶었던 부분을 이제야 꺼내게 된 겁니다."

"세상일에는 인과가 확실한 일도 있고, 아닌 일도 있지. 윤회에 대해서는 솔직히 내 모르겠소. 헌데 어째서 불교적인 이야기를?"

"선생님. 아니 주인장께서는 제가 오랫동안 간직해 온 질문에 대해, 전부는 아닐지라도 어느 정도 대답을 주실 수 있을 것 같아서 그럽니다."

"그 질문이 뭐요?"

"동기가 주어지고 외부의 힘이 저지하지 않는다면, 다른 개인들이 그의 의지에 봉사하기를 요구하고 그들이 방해가 되는 경우 그들의 현존을 파괴하려는 용의가 있는 사람을 우리는 과연 '악하다'라고 말할 수 있을까요?"

"다른 일체의 조건은 없고?"

"그렇습니다."

"내 대답은 '아닐 수 있다'요. 첫째, 그런 사람들은 대개 삶에의 의지가 아주 강렬하고, 심지어 그 자신의 삶에 대한 긍정을 훨씬 뛰어넘는 무언가가 그의 내면에 있다는 점이고. 둘째, 그런 사람은 자신과 다른 사람들과의 차이가 있음을 굳게 고수한다는 점. 이런 점들을 성격으로 가진 사

람을 우리는 '지도자'라고 말할 수 있소. 악한 지도자일 수
도 있지."

"그렇다면 주인장께서 '악하다'라고 보는 부류는 어떤 이
들입니까?"

"TV를 보는 사람들."

"네?"

"요즘은 TV가 아니라, 다른 매체들이 더 우세종이겠지.
여하튼 남의 고통을 보고 기뻐하는 자들. 심지어 자기에
게 전혀 이익이 되지 않는데도 아주 기뻐하는 자들 말이
오. 이 기쁨이야말로 본질적인 악의이며, 이러한 악의는
잔인함과 결부되어 있소. 이들에게 타인의 고통이나 고뇌
는 자신들의 기쁨을 달성하기 위한 목적 그 자체요."

"네로 황제나 콤모두스 황제가 사자들이 검투사를 잡아먹는 장면을 보고 즐거워한 것도 그러한 예시가 되겠군요."

"그렇소. 악은 역사가 매우 깊은 거라오. 그들이 양심의 가책 같은 걸 느꼈을 것 같소? 천만에. 다른 사람의 고뇌나 고통이 그들에게는 하나의 좋은 구경거리에 불과하지."

"선에 대해서는 어떻게 생각하십니까."

"질문이 흐릿한데. 더 명확하게 물어봐 주쇼."

"수학자이자 철학자였던 파스칼은 많은 하인을 부릴 수 있을 만큼 부유했지만 그 누구에게도 시중 받으려 하지 않았고, 평생 동안 병약했지만 스스로 이부자리를 펴고 갰으며 스스로 부엌에서 음식을 가져왔습니다. 다른 사람의 어떠한 봉사나 사치도 바라지 않는 이런 사람들은 '선하다'라고 말할 수 있을까요?"

"마찬가지로, 다른 일체의 조건은 없고?"

"네."

"내 대답은 '매우 그렇다'요. 파스칼을 만나 본 적은 없지만, 그런 사람들은 다른 사람들의 고통을 자신의 고통처럼 아주 가깝게 느낀다오. 선해지기 위해 굳이 자선사업을 할 필요는 없소. 적어도 기만적 쾌락을 느끼는 악한 자들에게서는 결코 찾아볼 수 없는 양심의 가책을, 파스칼과 같은 사람들에게서는 아주 흔히 찾아볼 수 있다는 거요."

"다른 사람들의 고통과 고뇌를 인식한다. 이것은 선함이라기보다 사랑에 가깝지 않습니까."

"아마 표현의 차이겠지. 드물지만 자신의 고통이 아닌, 남의 고통을 보고도 크게 울 수 있는 사람이 있소. 고통 받는 사람의 운명을 보면서, 인류 전체. 그러니까 무엇보다 그 자신의 운명을 보기 때문이오."

"저도 오랫동안 고통에 시달렸고, 그만큼 고통과 그것이 인간에게 주는 의미에 대해 많은 생각도 해 보았습니다. 사실 저는 고통만큼 인간에게 괴로운 것은 없다고 믿습니다."

"그렇소. 아주 많은 사람들이 고통에 빠진 이들에게 '그래도 너보다 더 불행한 사람이 있다는 걸 생각하면서 참고 건디라'는 투의 인스턴트식 충고를 늘어놓지. 정작 그렇게 말하는 사람들은, 그 절반의 절반만큼의 고통만 받더라도 미친 듯이 울부짖고 아주 실금할 텐데 말이오."

"이토록 힘든 인생 속에서도 자신만의 희망을 발견하고 그것을 자신의 인생에서 꽃피워 보려는 사람들이 세상에 여전이 존재한다는 것은 과연 어떤 의미일까요?"

"희망을 실현하는 것만이 인생의 전부는 아니겠지. 그러나 인생의 전부이든 아니든, 그렇게 하려는 자세만큼은 박수 쳐 주고 싶소. 한 해에 몇 십만 명이 자살하는 세상인데, 그 사람들을 거기까지 몰고 간 고통의 이유는 모두제각각 일거요. 이런 세상에서 뭔가 해 보겠다는 자세를 가진다는 자체가 이미 대단한 거라고 생각하오."

"달라이라마가 '우주가 존재하는 한, 모든 생명가진 존재들이 남아 있는 한, 나 또한 여기에 남아 세상의 모든 불행을 물리치리라'고 말한 적이 있는데 혹시 들어 보셨습니까?"

"못 들어봤소. 하지만 그 패기만큼은 대단하군. 세상의 모든 불행을 물리치리라고 말할 정도의 큰 그릇이 되는 사람이니, 그토록 존경받는 것이겠지. 밤이 너무 깊었고 나도 이제 몸을 좀 누여야겠소."

나그네는 "하루 종일 달리다가도 저녁이 되어 목적지에 다다르면 그것으로 족하다"라는 글에서 늘 마음의 위안을 얻곤 했다. 우연히 만나게 된 목수와의 긴 대화를 마친 지금이, 아마 그런 때인 듯하다.

〈어떤 내기〉 작품 해설 및 후기

작중에 거의 등장하지 않지만, 매우 중요한 역할을 하는 인물은 바로 "목격자" 신시아 포스터입니다. 이 여자가 애니와 글로리아를 피츠버그에서 웨스트버리 호수로 데려온 것은, 랜디가 크래커배럴에서 보았던 장발족들에게 팔아넘기기 위해서입니다.

계속 교대로 운전을 하다가, 마지막에는 신시아 포스터 자신이 원하는 곳으로, 마치 실수처럼 들어온 것도 같은 이유입니다

그런데 신시아의 입장에서 뜻하지 않은 일이 생깁니다. 장발족들이 오기 전에 하비에르가 두 명의 여자들을 먼저 데려가기 때문인데, 마침 하비에르가 첫 번째에는 글로리아를, 두 번째에는 애니를 데려가는 바람에, '주범'이던 인물이 갑자기 '목격자'가 됩니다.

멘데즈가 창고에서 화재를 내어 죽인 여자는 토니와 하비가 '지난번 내기'에서 뺑소니로 치인 여자입니다. 바로 즉사한 여자 한 명의 시체는 윌모어 공원에 버렸지만, 살아있던 나머지 여자 한 명은 멘데즈에게 '처리'를 위해 넘깁니다. 처리는 깨끗했습니다.

토니가 형의 비석 앞에서 형의 "명예"만큼은 지키고 싶었다고 하지만, 작품 전체로 볼 때 가장 많은 거짓말을 하는 사람은 오히려 경찰이자 맏형인 랜달 마이어입니다.

랜디의 유언(Everybody lies)처럼, 이 소설에 나오는 등장인물들은 거의 전부가 하나같이 크고 작은 거짓말을 합니다. 매우 악질적인 범죄자들인 하비에르나 멘데즈는 물론이고, 토니와 랜디, 그들의 아버지인 베니, 심지어 카운티 경찰서의 존스 서장까지도 거짓말을 합니다.

토니의 형인 랜달 마이어는 경찰인 동시에 마약상입니다. 랜디와 멘데즈는 경찰과 정보원 사이보다 거래상과 끄나풀 사이에 더 가깝습니다.

사건이 일어난 밤, 호블란 경위는 글로리아 월터스의 신고를 받고 출발했기 때문에 한발 늦은 것이고, 마이어 경사(랜디)는 이미 하비에르의 이동경로를 알고 있었기 때문에 호블란 경위보다 더 빠르게 블루릿지에 도착합니다.

랜디가 혼자 왔다는 것도 역시 거짓말입니다. 멘데즈가 함께 매복으로 블루릿지에 숨어 들어와 있었습니다. 첫발은 어둠 속에서 멘데즈가 랜디의 유언이 되어 버린 '신호'에 맞춰 하비에르의 가슴을 노리고 쏜 것입니다.

하비에르는 이미 만취해 있어서 총탄을 맞고 균형을 잃습니다. 발판이 무너지면서 애니가 제일 먼저 죽습니다. 중상을 입은 후에도, 하비에르는 어둠 속에 숨어 있는 멘데즈를 보지 못하고 자신을 쏜 것이 랜디라고 생각해서 랜디가 있는 쪽으로 응사합니다. 총을 맞은 랜디는 전등빛 안으로 들어서면서, 숨이 붙어 있는 하비에르를 확인

사살합니다.

 상황이 끝났다고 판단한 멘데즈가 랜디에게 다가오는
데, 오두막 안의 전등 빛 안으로 오기를 기다렸다는 듯이
토니가 멘데즈의 머리를 38구경으로 완전히 날려 버립니
다. 이것이 네 발 중의 마지막 총성입니다.

 소설의 10분 정도 공백 속에 토니는 하비에게 비무장 상
태로 왔다고 거짓말을 하면서 시간을 벌고 있었습니다.
그 동안에 글로리아가 보낸 지원 경찰들이 오기를 기다린
것입니다. 하지만 토니 역시 '거짓말쟁이의 피'가 흐르는
인물입니다. 당연히 뒷주머니에 총을 숨기고 들어온 것이
고, 이는 그에게 익숙한 블루릿지 오두막의 어두움을 이
용한 방법이었습니다.

한참 후에 울린 두 발의 총성은 마이어 형제들의 몫입니다. 랜디는 어차피 블루릿지에서 죽어야 합니다. 그가 살아남게 되면, 어째서 혼자 들어갔는지에 대한 이유와 이번 사건의 개요를 전부 털어놓아야 합니다. 그렇게 되면 불명예 퇴직과 동시에, 경찰이 아닌 더러운 범죄자로 전락함은 물론이고, 은밀하게 그의 뒤를 봐주던 존스 서장까지 사건에 휘말리게 됩니다.

 이 소설에서 가장 정직했던 인물은 제프 버넷 순경입니다. 제프는 고지식하고 느리지만 적어도 거짓말을 하지는 않습니다. 존스와 마이어는 토박이들이고, 이미 부패한 인물들입니다. 서장은 '유능했던 랜달 마이어 경사'의 죽음이 아니라 '항상 정기적으로 상납하던 마약상'의 죽음이 아쉬웠던 것입니다. 형제들만 남은 블루릿지에서 울린 나머지 두 발의 총성은 그렇게 설명되고, 그들의 이야기는 끝을 맺습니다.

이 단편집에 수록된 다섯 편의 작품은 모두 창작에 기반하였으며, 작품에 등장하는 인물, 단체, 기관, 배경도 모두 창작에 의한 것이므로, 실제와 어떠한 관련도 없음을 분명히 밝힙니다. 또한 작품에 등장하는 사건의 시기나 장소 또한 역사적 사실과는 무관함을 알려드립니다.

마지막으로, 이 단편집을 한 권의 책으로 제작해 주신 좋은땅출판사와 제 주위에서 여러모로 힘써 주신 많은 분들에게 감사를 표합니다.

고등학교와 KAIST 1년 후배지만 오히려 선배처럼 듬직한 김우현 박사, 서울대학교 약학과에서 고락을 함께한 이동현과 김충녕, 20년을 훌쩍 넘긴 오랜 벗 서중철과 사제의 길을 걷고 있는 이인제 바오로 신부, 그리고 단지 '어머니'라는 단어로는 표현할 수 없는 나의 사랑하는 어머니 조옥희 박사에게 세상 그 무엇보다 뜨거운 존경과 사랑을 전합니다.